불편하지만 사는 데
지장 없습니다

불편하지만 사는 데 지장 없습니다

초판 1쇄 인쇄 2021년 11월 30일
1쇄 발행 2021년 12월 5일

지은이 **백순심**

펴낸이 **우세웅**
책임편집 **이현정**
기획편집 **박관수, 한희진, 김은지**
콘텐츠기획·홍보 **전다솔**
북디자인 **박정호**

종이 **페이퍼프라이스(주)**
인쇄 **동양인쇄주식회사**

펴낸곳 **슬로디미디어그룹**
신고번호 **제25100-2017-000035호**
신고년월일 **2017년 6월 13일**
주소 **서울특별시 마포구 월드컵북로 400, 상암동 서울산업진흥원(문화콘텐츠센터) 5층 22호**

전화 02)493-7780
팩스 0303)3442-7780
전자우편 slody925@gmail.com(**원고투고·사업제휴**)
홈페이지 slodymedia.modoo.at
블로그 slodymedia.xyz
페이스북,인스타그램 slodymedia

ISBN 979-11-6785-049-2(03810)

※이 도서의 국립중앙도서관 출판예정도서목록(CIP)은 서지정보유통지원시스템 홈페이지(http://seoji.nl.go.kr)와 국가자료공동목록시스템(http://www.nl.go.kr/kolisnet)에서 이용하실 수 있습니다.

※본서에 인용된 모든 글들은 독자들에게 해당 내용을 효과적으로 전달하기 위해 출처를 밝혀 제한적으로 사용했습니다.

※본서의 내용 중 일부는 카페 "엄마의 꿈방"의 엄마작가 코너 '포기대신 희망을 선택하다'라는 제목으로 연재된 내용입니다.

불편하지만 사는 데 지장 없습니다

장애인과 비장애인이
같은 하늘에서 사는 세상을 꿈꾸며

백순심 지음

SEOLREM
설렘

추천사

며칠에 나눠 읽을 마음으로 첫 장을 펼쳤다. 저자의 아우라에 빨려들어 단숨에 읽었다. 요즘 사는 게 힘들었다. 저자의 조용한 응원에 마음을 부축받을 수 있어 감사하다. 각자도생하며 생존하기 바쁜 현대 사회에 이타심과 마음나눔이 얼마나 큰 가치인지 확인할 수 있었다. "각자는 단단하게, 서로는 따뜻하게." 이 책이 나에게 이렇게 살아가라고 말하는 것 같았다. 세상에 맞춰 살아가려 애쓰는 모든 사람에게 공감과 위로가 될 수 있는 책이다. 어딘가에서 홀로 힘들어하고 있을 사람에게 추천한다.

한혜진, 《마흔을 앓다가 나를 알았다》 저자

또래 아이를 키우는 엄마 동지로서, 그리고 글쓰기 동지로서 백순심 작가는 내게 늘 귀감이 되는 사람이었다. 그녀가 장애를 극복하고 비장애인과 비슷한 삶을 살아내기 위해 고군분투하는 여성으로서 삶을 살아내려고 하지 않고, 자신을 있는 그대로 인정하고 사랑하며 자신만의 삶에 뿌리내리는 지극히 그 다운 삶, 그 자체를 보여주기 때문이었다. 그녀는 식판을 두 손으로 들지 못하고, 컵을 들 때도 손이 흔들린다. 하지만 내게 그녀의 흔들리는 손은 내가 가진 그녀의 이미지 전부를 형성하지는 않는다. 오히려 그녀가 지닌 장애는 그녀의 모든 특성 중 지극히 일부일 뿐, 그것이 내가 느끼는 그녀의 사람됨에 어떠한 영향도 주지 않았다. 이 책의 제목처럼 장애는 단지 그녀에겐 불편한 점일 뿐이고, 나에겐 그녀와 관계를 맺는 데 별다른 지장은 없는 셈이다. 내게는 유일한 장애인 친구 백순심 작가 덕분에 나는 이 책 속 그녀의 아이들이 엄마를 바라보는 것과 마찬가지로 장애인을 바라볼 수 있게 됐다. 이 책을 읽을 독자들도 곧 알게 될 것이다. 장애를 가진 이들이라고 특별한 것이 아니라 우리가 그들을 특별한 눈으로 보고 있었음을. 그들도 우리가 살면서 고민하고 애쓰는 비슷한 문제들을 안고 이 사회에서 함께 살아가고 있을 뿐이라는 것을. 이미 수없이 많은 이야기들이 우리를 둘러싸고 있지만, 그녀의 이야기가 언젠가는 세상에 나오기를 기다렸고, 그럴 것이라 확신했다. 이제 그때가 왔을 뿐이라고 생각한다. 친구로서, 육아동지로서, 문우로서, 독자로서 그저 기쁠 따름이다.

조혜란, 《얼떨결에 엄마라니》 저자

반듯하고 꽉 찬 깍두기가 겪었던 일들을 읽다가 밥상에 깍두기 하나만 올려놓고 밥을 먹었습니다. 타고난 모양대로, 온전한 시간 숙성한 저자의 이야기에 시큼한 삶의 진리가 녹아 있었습니다. 사는 건 언제나 내 곁에 머무는 고단함을 이겨내며 평범함을 찾아 나가는 일이라는 것 말이지요.

장애를 갖고 있고, 장애인의 삶 속 한가운데 선 저자가 우리에게 들려주는 건 깍두기는 그 자체로도 참 맛있다는 것입니다.

오승현, 《꼰대책방》 저자

책을 내며

나는 뇌병변 5급, 마흔한 살의 장애인이다. 대학교에서 사회복지학을 전공했고, 대학원에서는 가족 치료학으로 석사학위를 받았다. 현재는 장애인 복지시설에서 근무하고 있는 18년 차 사회복지사로, 쌍둥이를 기르는 엄마이기도 하다. 오래전부터 사람들에게 장애인이자 엄마로 사는 이야기와 장애인 사회복지사가 바라보는 사회복지 현장에 대해 알리고 싶은 마음이 있었다.

나는 태어날 때부터 장애인이었다. 고모 말로는 엄마가 나를 임신했을 때 제대로 먹지도 않고 입덧 때문에 콜라만 마셔서 내가 장애인이 되었다고 하는데, 엄마의 말은 달랐다. 태어난 직후 내가 경기驚氣를 심하게 했는데 그 뒤로 장애인이 되었다는 것이 엄마의 설명이다. 누구의 말이 맞는지는 지금까지도 알 수 없다. 그 당시 아빠는 사우디아라비아로 파견을 나가 있었고, 임산부인 엄마를 챙겨줄 사람은 아무도 없었다.

이제 와서 내가 장애인이 된 원인을 밝히고 싶은 생각은 없다. 그보단 지금 내가 주체적으로 살아가고 있다는 사실이 더 중요하다고 생각한다. 나는 불과 몇 년 전까지만 해도 내가 장애인이라는 사실을 창피하게 여겼고, 할 수만 있다면 나의 장애를 최대한 숨기고 싶었다. 장애는 치료할 수 있는 질병이 아니다. 신체적인 기능을 완전히, 혹은 상당 부분 상실해 사람들이 소위 말하는 '정상적인' 생활을 하는 것이 불가능한 상태가 바로 장애다.

뇌병변 5급 장애인인 나는 내 몸을 내 의지대로 움직이거나 조절하지 못한다. 이를테면 팔과 손의 불수의 운동 때문에 국물이 담긴 그릇을 들지 못하며, 음료수는 빨대가 있어야만 마실 수 있다. 혼자 할 수 있는 것들도 많다. 비장애인보다 느리긴 하지만 다른 사람의 도움 없이 보행할 수 있고, 혼잡하지 않은 시내에서는 운전도 가능하다. 누군가의 도움이 필요한 부분도 물론 있다. 나의 걷는 모습은 어딘가 불완전해 보이고, 말투는 어눌하다. 긴장하면 몸이 경직되기도 하는데, 주로 낯선 사람들 앞에서 발표할 때나 나의 의견을 이야기할 때 그렇다.

나는 장애인이면서도 다른 장애인을 만나는 것이 불편했다. 그들과 같은 처지라는 사실을 인정하기가 싫었다. 장애인이지만 비장애인인 척하며 꽤 오랜 시간을 살아왔다. 그런 내가 나의 장애를 인정하고 받아들이게 된 것은 책을 읽고 글을 쓰면서부터다. 적어도 이 두 가지 활동은 장애인을 차별하지 않는다고 느꼈다. 독서 활동은 편협했던 내 시야를 넓혀 주었고, 글쓰기는 스스로를 치유할 수 있도록 해주었다. 4년 남짓을 그렇게 보내고 나니 바닥을 쳤던 자존감이 회복되는 놀라운 경험을 했다. 이제 사람들에게 나의 장애를 숨기지 않을 용기가 생겼다.

나는 사람들에게 다양한 이야기를 건네고 싶다. 장애인으로 살아오면서 겪었던 차별과 억압, 장애인 엄마로 두 아이를 키우며 좌충우돌하지만, 여느 엄마들처럼 아이들을 위해 최선을 다하고 사랑으로 키워가는 과정은 특히 이 책의 중요한 축을 구성한다. 여기에 사회복지 현장에서 일하면서 겪었던 이야기들을 조금씩 보태려 한다. 장애인 사회복지사로 현장에서 느낀 단상들과 시설에 거주하는 장애인들과 생활하며 느꼈던 감정들, 또 지원하는 서비스들이 제도적인 개선이 되었으면 하는 바람들을 이 책에 담았다.

장애인들이 지금보다 훨씬 더 당당하게 살 수 있는 세상을 꿈꾼다. 동시에 자신의 장애를 인정하고 직시하게 되었을 때야 비로소 변화가 생긴다고 말하고 싶다. 적어도 세상을 바라보는 시선이 조금은 관대해질 것이다. 비장애인들에게는 장애가 있다는 사실 자체가 불행을 의미하지 않으며 장애인 역시 행복하게 살 수 있다는 것을 보여주고 싶다. 장애인들을 대할 때 동정 어린 시선 대신 이 사회를 함께 살아가는 시민으로 봐주면 좋겠다는 작은 소망이 있다.

장애인은 동정받거나 배제당해서도 안 되고, 그렇다고 무조건적인 시혜의 대상이 되어서도 안 된다. 흔히 사람들은 장애인을 무조건 배려해야 한다고 착각하지만, 이런 인식은 (좋은 의도에서 비롯된 것이라 할지라도) 결과적으로 차별을 낳을 뿐이다. 그런 이분법에 매몰되지 않으려면 우선 장애인에 대해 알아야 한다는 것이 나의 생각이다. 어쩌면 우리는 장애인에 대해 알 수 있는 기회 자체를 지금껏 한 번도 가져본 적이 없는지도 모른다. 그것이 우리 자신의 의지였든 아니든 말이다.

장애인으로 살아가는 것이 불편하지만 불행한 삶은 아니라는 작은 깨달음을 독자들과 함께 나누었으면 좋겠다.

차례

추천사 . 4

책을 내며 . 6

PART 1 나의 정체성은 '깍두기'

01 환영받지 못한 존재 . 14

02 학교에서부터 시작된 차별 . 17

03 깍두기는 하고 싶지 않았어! . 22

04 주홍글씨 같은 장애인 복지카드 . 26

05 넌 그냥 다 똑같은 제자였다 . 31

06 대학의 낭만은 개뿔, 투쟁의 연속 . 35

07 인복 있는 사람 . 41

08 밥벌이는 하게 되었습니다 . 45

09 당당하게 도움받아야 하는 이유 . 53

10 있는 모습 그대로 나를 인정하며 사는 것 . 56

11 장애인이 아닌 엄마로 성장하게 하는 곳, '엄방' . 62

12 처음으로 들은 말 "딸, 엄마가 미안해." . 67

13 식판은 나의 정체성이었다 . 70

14 내 인생을 주체적으로 살게 된 두 가지 . 73

PART 2 저는 몸이 조금 불편한 엄마입니다

01 우리 그냥 썸만 탑시다! . 78

02 이러다가 노처녀로 늙어 죽겠네! . 82

03 우리 부부는 잘 살고 있습니다 . 86

04 여자만 밥하라는 법 있나요? . 90
05 장애인 아내를 둔 남편의 무게 . 94
06 '엄마'라는 이름을 갖고 싶었다 . 98
07 쌍둥이를 만나다 . 103
08 저는 몸이 조금 불편한 엄마입니다 . 107
09 제발, 잠 좀 자자! . 111
10 불안은 늘 다른 형태로 찾아온다 . 117
11 어쨌든 복직했습니다. . 120
12 우리 엄마 손은 흔들려요! . 124
13 엄마가 행복해야 아이도 행복하다 . 128
14 장애는 나의 정체성일 뿐 . 132
15 아이는 나의 결핍을 채우는 대상이 아니다 . 136

PART 3 있는 모습 그대로 나를 인정하며 살기

01 누구나 강점 하나씩은 있다 . 142
02 해식 씨의 원점 . 145
03 난생처음 타보는 지하철 . 150
04 "건강하게 있다가 나 있는 곳으로 넘어와." . 155
05 "선생님, 벼가 노랗게 익었어요!" . 159
06 아이를 통해 내가 성장한다 . 163
07 행복을 찾아 떠난 남자 . 167
08 누구나 섹스 하고 싶은 본능이 있다 . 171
09 빨대로 풀린 오해 . 174
10 기다려 주는시간 . 179
11 먹구름은 엄마의 마음을 알고 있었다 . 183
12 오징어 게임은 처음부터 불평등했다 . 186

에필로그 . 191

PART

1

나의 정체성은 '깍두기'

01

환영받지 못한 존재

엄마가 말하기를 나는 돌이 지나도록 걷지도, 말할 기미도 보이지 않았다고 한다. 슬슬 걱정되기 시작한 엄마는 나를 데리고 병원을 찾았다. 엄마는 의사로부터 처음으로 자신이 낳은 딸이 '장애인'이라는 말을 들었다. '설마 내 딸에게 장애가 있을까?' 의심했던 것이 기정사실이 되어버린 것이다. 그날 이후 엄마는 가족과 친척들에게 낳아서는 안 되는 존재를 낳은 죄인이 되었다. 나 역시 주변 사람들에게서 '태어나지 말았어야 할 존재'라든가 '손보다는 다리병신이 낫지' 같은 쓰라린 말들을 수없이 들어야 했다. 마치 그들은 나를 감정 없는 인형쯤으로 생각하는 듯했다. 내 앞에서 아무렇지 않게 그런 말들을 내뱉은 걸 보면 말이다.

어린 시절 나는 스스로 '태어나지 말았어야 할 존재'로 생각했다. 그렇게 나는 내 삶에 대해 기대나 희망을 품어보기도 전에 절망과 체념부터 배웠다. 돌이 지나도록 걷지 못했던 나는 네 살이 되어서야 걷기 시작했고, 말을 했다. 엄마는 내가 밥은 굶지 않겠다는 생각에 그제야 마음을 놓았다고 한다.

그렇지만 나는 여전히 세상 사람들에게 놀리기 쉬운 상대, 건드려도 되는 만만한 존재였다. 어릴 때 신발을 잃어버린 적이 있었다. 유치원에 등원할 때 신고 갔던 반짝이는 빨간 에나멜 구두 한 짝이 사라진 것이다. 그날 나는 왼쪽은 맨발, 오른쪽에는 구두 한 짝을 신은 채 집으로 돌아왔다. 엄마와 선생님에게 구두를 찾아 달라고 부탁했는데 엄마는 신발을 찾아주는 대신 새 구두를 사주었고, 선생님은 물건 관리를 못 한 나에게 책임을 물었다. 신발을 찾기 위해 나는 바깥 놀이 활동 시간 때마다 원 주변을 돌면서 신발을 찾아다녔다. 일주일 후 내 신발은 유치원 창고에서 발견되었다. 동급생 남자아이가 내 신발을 숨겨두었다. 그 아이에게 사과받기는커녕 장난친 친구를 내가 '이해하고 용서해주는' 것에서 마무리되었다. 그렇게 구두 사건은 일종의 가벼운 해프닝으로 끝났다.

당시 엄마는 내가 신발을 잃어버렸는데도 선생님에게 딸아이 신발을 찾아봐 달라고 요청하지 않았다. 아니, 요청하지 못했을 것이다. 장애가 있는 딸을 받아주는 것 자체만으로도 고마워했고 그런 사소한 문제로 유치원에서 거부당해 딸아이가 갈 곳을 잃을까 두려웠을 것이다. 그 사건으로 나는 '장애' 때문에 억울한 일을 당할 수 있다는 것을 처음으로 알게 되었다. 나는 단지 장애인이라는 이유로 친구들에게 모욕당하거나 놀림 거리가 되었다. 어른들은 그런 나를 위로하는 대신 도리어 '네가 이해해야 한다'고 했다. 그 말은 마치 '네가 장애가 있으니 참아야 한다'고 내게 강요한다는 느낌을 지울 수 없었다. 구두 사건 이후로도 다른 이들이 나에게 어떠한 상처를 주어도 참아야 하는 훈련은 계속되었다.

어딜 가든 환영받지 못한다는 자각은 아프고, 타인의 시선과 평가에 자신을 가두는 결과로 이어졌다. 사람들이 나의 '장애 때문에 나를 기피하거나 싫어하진 않을까?' 상대방의 말투나 행동에 촉각을 곤두세웠다. 직장에서는 장애를 커버하기 위해 성과에 집착했고, 그 성과가 기대에 못 미칠 때면 내 존재가 하찮게 느껴졌다.

'처음이니 실수할 수 있다'거나 '다음에는 더 잘할 수 있다'는 격려 대신 '재는 장애인이라서 안 돼'라는 말을 듣게 되진 않을까 전전긍긍했다. 무언가 조금이라도 잘못하거나 실패하면 나에게 있는 장애가 더 부각될 것 같은 두려운 마음에 앞에 나서는 일을 기피하게 됐다. 나는 매사 모든 일을 시작하기도 전에 실패의 두려움에 휩싸였다.

02

학교에서부터 시작된 차별

처음 초등학교에 입학하던 날, 엄마 손에 이끌려 교문을 통과했다. 넓은 운동장엔 많은 아이들이 집합해 있었다. 모든 것이 낯설고 두려웠지만, 새로운 친구들을 사귈 수 있다는 설렘도 있었다. 그러나 그 기쁨은 오래가지 못했다. 학기가 시작된 지 고작 일주일이 채 지나지 않아 나는 담임에게 불려갔다.

"순심이는 반 배정을 잘못 받았구나."

담임은 나를 2층 복도 끝 반으로 데려갔다. '특수반'이라는 팻말이 쓰여 있는 반이었다. 교실 문을 여는 순간 그 팻말의 의미를 어렴풋이 알게 되었다.

"선생님, 제가 왜 이 반으로 와야 하나요?"

"음… 순심이는 다른 친구들보다 학습 속도가 느려서 여기서 공부해야 할 거 같아."

"저는 제 이름도 쓰고, 숫자도 10까지 알아요. 그런데 왜 여기 와야 하나요?"

선생님은 내 물음에 대답 없이 황급히 사라졌다. 그렇게 나는 사전 동의나 양해 없이 1학년 6반이 아닌 특수반에 재배정되었다. 그러나 내가 특수학급에 적합하지 않다는 특수교사의 판단으로 곧 원래 배정받은 반으로 복귀할 수 있었다. 그렇게 나는 조금 늦게 1학년 6반의 구성원이 되었다.

내가 초등학교를 졸업한 지도 어느새 29년이 흘렀다. 세월이 많이 흐른 만큼 학교의 제도적, 물리적 환경도 많이 개선되었다. 하지만 장애인을 바라보는 시선은 내가 어릴 적이나 지금이나 별 차이가 없는 것 같다. 교사는 장애학생을 부담스러워하며, 학부모들은 자신의 아이가 장애인 친구와 사귀는 것을 (머리로는 받아들일지 몰라도) 선뜻 내키지 않아 한다.

내가 근무하는 장애인 시설에도 일반 중학교 내에 있는 특수학급에 다니는 장애인이 몇 명 있다. 학교에서 장애인을 받아들이는 것은 특수교사 한 명의 열정으로만 해결되지 않는다. 그들이 처음 학교에 입학했을 때도 다른 학부모들이 교무실로 전화를 걸어 장애인들이 학교에 다니게 하는 것에 대해 항의했다고 한다. 이유인즉슨 장애인들이 학습을 방해한다는 것이었다. 시설에서 다니는 학생들은 일주일에 34시간 수업 시간 중 20시간을 비장애 학생들과 함께 통합수업을 듣는다. 장애인 친구를 돕거나 챙기는 학생들도 적지 않은데, 오히려 학부모들이 나서서 반대하는 상황을 어떻게 이해해야 할까? 아이들이 어른들을 보고 배워야 하는데, 거꾸로 어른들이 아이들에게 배운다.

몇 년 전에 우리 시설에 사회복지 현장실습을 나온 분에게 사회복지사가 되고 싶은 이유를 물은 적이 있다. 그러자 그 실습생은 중학생인 아들이 중증장애인인데, 자신이 사회복지 분야를 알아야 아들을 대변할 수 있을 것 같다고 답했다. 그러면서 아들이 다니는 중학교에 엘리베이터가 없는 것이 가장 큰 고민거리라고 했다. 실습생 엄마는 왜소한 체격으로 덩치가 큰 아들을 업고 매일 같이 학교 계단을 오르내렸다. 등하교는 물론 수업 시간에도 교실 밖에서 대기하고 있다가 화장실에 데려가거나, 이동 수업을 할 때면 업고 다니는 일상을 반복하고 있었다. 다행히 지금은 해당 학교 특수학급에 특수보조교사가 배정되어 장애학생의 이동 및 학교생활을 돕고 있으며, 실습생인 엄마가 학교 측에 지속적으로 요구한 끝에 엘리베이터도 설치되었다. 학교 측의 거부에 움츠러들지 않고 교육청에 민원을 넣어 일궈낸 성과였다. 설치 과정에 우여곡절이 많았지만, 덕분에 아이는 최소한이나마 학습권과 이동권을 보장받을 수 있게 되었다.

그 학생은 중학교를 졸업하고 고등학교에 진학했다. 실습생 엄마는 고등학교에도 똑같이 엘리베이터 설치를 건의했다. 중학교와 같은 재단이었던 고등학교는 수천만 원이 드는 엘리베이터를 또 설치할 수 없다며 난색을 보였다. 장애 학생은 마땅히 누려야 하는 학습권을 또다시 침해당했다. 학교는 장애학생에게 암묵적으로 '커버링*'을 요구하고 있었다. 말하자면 누군가 장애인이라고 할 때 그는 자신이 장애인으로서의 정체성을 드러내는 대신 최대한 그것을 자제하며 티 내지 말아야 한다. 장애인에게 정당한 편의시설을 제공하지 않고 조용히 분위기에 묻어갈 것을 요구하는 것 역시 커버링의 한 가지 방식일 수 있다. 가장 기본적인 학습권만이 보장되는 현실은 커버링이 일어나기 가장 적합한 조건이다. 이런 문화가 공고히 뿌리 내린 사회에서 장애 학생은 자신의 권리를 침해당하면서도 참아야 하며, 개인이나 가족의 희생에 의지해서만 학교에 다닐 수 있다.

학교는 엘리베이터가 더 많은 이들에게 유용할 수 있다는 사실을 놓친 듯하다. 엘리베이터는 비단 그 장애 학생 한 명이 아니라 다리를 다쳐 휠체어를 이용해야 하는 학생이나 교직원, 여타의

* '커버링'은 사회학자 어빙 고프먼이 처음 언급한 개념으로, 사회적으로 낙인찍힌 존재들이 '자신의 낙인이 두드러져 보이지 않도록 신경 쓰는 과정'을 뜻한다. 법학자 켄지 요시노는 《커버링》이라는 책에서 이 개념을 차용해 게이이자 이민자 가정의 자녀이자 법학자로서 살아가는 자기 자신의 경험을 서술한 바 있다. 켄지 요시노, 《커버링》, 김현경·한빛나 옮김, 민음사, 2017.

방문자가 이용하게 될 수도 있다. 꼭 그런 경우가 아니더라도 무거운 짐을 옮길 때도 유용하게 쓰일 수 있다. 애초부터 편의시설이 꼭 필요한 사람들을 고려해 건물을 설계했더라면 그 누구도 소외되지 않고 건물 곳곳을 편리하게 드나들 수 있지 않을까. 지하철역의 엘리베이터가 장애인들의 투쟁 덕택에 설치되었지만, 결과적으로 유모차를 사용하는 부모들과 거동이 불편한 노인 등의 다양한 사람들이 이용할 수 있게 된 것처럼 말이다.

시설에서 장애인식 개선 교육을 할 때마다 느끼는 것이 있다. 어른들과 달리 아이들은 막상 장애에 대해 선입견을 가지고 바라보지 않는다는 것이다. 학교는 아이들이 처음 대면하게 되는 작은 사회다. 장애 학생을 특수학급에 분리하는 대신 장애 학생과 비장애 학생이 함께 지낼 수 있는 환경을 모색한다면 어떨까. 그 비장애 학생들이 자라 어른이 된다면 분명 지금과는 다른 사회가 펼쳐질 거라고 믿는다.

03

깍두기는 하고 싶지 않았어!

"얘들아! 우리 고무줄놀이하자."

"은주는 이편."

"선미는 저편."

"음… 순심이는 깍두기."

어린 시절 나의 친구들은 내가 '장애'가 있음에도 불구하고 왕따를 시키기보다는 같이 놀아주었다. 초·중고등학교 시절을 보내면서 친구들로 인한 '사회적인 불리'를 당하는 일은 없었다. 그러나 놀이를 할 때 있어서는 완전한 친구가 될 수가 없었다. 친구들에게 나는 조금 부족해서 항상 도와줘야 하는 친구였다. 물론 그렇다고 해서 친구들이 나를 귀찮아하거나 싫은 내색을 내비친 적은 없었다. 친구들의 찐 우정을 느낄 수 있었던 학창시절이었다.

어린 시절 편을 나누어 놀이할 때는 나는 이쪽 편에도 저쪽 편에도 속하지 못했다. 항상 '깍두기' 역할을 했었다. 친구들은 그런 나에게 "순심이는 좋겠다. 깍두기니깐 술래 안 해도 되잖아" 하면서 위로 아닌 위로를 했다. 그 당시 나는 깍두기밖에 할 수 없었던 내가 싫었다. 마치 '깍두기'라는 위치가 불완전한 나를 대변하는 것만 같았다. 그 당시에는 친구들이 나를 배제하지 않고 놀아주는 것만으로도 고마웠다. 그러나 친구들은 나에게 '깍두기를 해도 괜찮은지' 먼저 물어봐 주지 않았다. 나 역시 '깍두기가 싫다'는 말을 제대로 하지 않았다. 내 의견을 말하게 되면 친구들이 놀아주지 않을까 봐 두려웠다. 또한 나의 약함을 인정하는 것 같아서 싫었다. 이 감정은 조금은 다르지만 마흔이 넘은 지금도 여전히 나를 따라다니고 있다. 지금도 나는 솔직하게 감정을 말하기보다는 애써 괜찮은 척, 강한 척하며 가면을 쓸 때도 있다.

무엇 때문에 남들에게 내 의견을 말하는 것이 어려울까? 늘 타인에게 도움을 받아야 하는 것에 대해 미안함과 나란 존재를 귀찮아서 외면할 것 같은 두려움이 항상 있었던 것 같다. 나는 다른 사람들이 나를 대하는 태도에 민감하게 반응하는 편이었다. 버림받아 혼자 남게 될까 봐 무서웠기 때문이다. 그동안 이 두려움 때문에 숨죽여 살아온 나에게 위로의 말을 건네고 싶다. 마흔이 넘고 보니 나의 '장애' 여부를 떠나 주변에 사람들은 여러 가지 이유로 언젠가는 떠난다. 함께 어울릴 수 있는 시간도 좋지만, 이제는 혼자라도 그리 외롭지 않다. 혼자서도 즐길 거리가 많다는 것을 마흔이 넘어서야 알게 되었다.

비장애인 대부분은 '장애인에게는 무조건적인 선의를 베풀어야 한다'라는 생각을 하고 있다. 장애인 당사자의 의견을 듣는 과정은 생략하고 자신들의 판단하에 행동한다. 물론 장애인을 배척하지 않고 도와주고자 하는 마음은 너무나도 고마운 일이다. 도와주기 이전에 장애인에게 의사를 물어보아야 한다. 먼저 물어보는 것이 장애인에게 실수하는 것을 줄일 수 있다. 어린 시절 나의 친구들이 나를 위해 배려 차원에서 지정해준 깍두기의 역할이 나는 오히려 더 불편하게 느껴졌다. 깍두기보다는 승패를 맛볼 수 있는 게임에 참여할 기회를 원했다.

장애인 역시 자신들의 의견을 말하고 싶으며, 참여할 기회를 가지고 싶어 한다. 불완전해 보이는 사람일지라도, 그 누구라도 깍두기보다는 주체적으로 인생을 살고 싶다. 장애인으로서 제약되는 부분까지 동등한 기회를 준다는 의미가 아니다. 예를 들어 불수의 운동이 심한 장애인에게 행사 시 사회를 보게 한다거나 화이트보드에 글씨를 쓰게 하는 행위를 뜻하는 것이 아니다. 그것을 요구하는 것은 마치 '걷지 못하는 장애인에게 걸어보라는 것'과 같은 의미다. 오히려 불공정한 기회는 비장애인들 사이에서 한계를 입증시키는 일이다. 대부분의 장애인은 자신의 한계를 맞닥뜨리게 되면 움츠러든다. 결국, 고립의 원인이 되기도 한다.

기회를 준다는 것은 '장애'로 인해 제약되는 부분이 없는 전제하에 이루어져야 한다는 것이다. 예를 들어 운동회를 한다면, '걷지 못하는 장애인에게 달리기를 제안하는 것'이 아니라 '앉아서 할 수 있는 운동 종목인 좌식배구를 운동회 경기 종목에 포함시켜야 한다'는 의미다. 좌식배구 종목을 정할 때도 지레짐작으로 정하는 것이 아니라 장애인 당사자와 함께 의견을 나누어 보는 것이 선행되어야 한다. 그 과정이 생략된다면 장애인은 주체적인 위치가 아닌 보조의 위치에 있을 수밖에 없다.

04

주홍글씨 같은 장애인 복지카드

청도한우: 이야! 축하해, 올해도 너희 지역의 소들이 1++등급 받았다며?

횡성한우: 그럼, 우리 횡성지역의 명성이 어디 가겠어. 청도 지역도 다음에는 좋은 등급 받길 바라.

순심: 난 등급 받는 거 싫은데….

청도, 횡성한우: 왜?

순심: 사람들은 나의 고유성은 무시한 채 장애 등급에만 관심 있거든!

한우에게 있어서 등급은 좋은 품질을 뜻한다. 한우에게도 등급이 있듯이 예전에는 장애인들에게 1~6급으로 복지카드가 발급되었다. 장애등급은 장애인의 정체성을 말하기도 한다. 사람에게 등급을 매기는 것이 정말 괜찮은 일인가? '등급'이라는 사전적 용어를 찾아보았다. '등급이란 높고 낮음이나 좋고 나쁨 따위의 차이를 여러 층으로 구분한 단계'라고 정의하고 있다. 사람 자체를 좋고, 나쁘다고 판단할 수 있을까? 혹은 장애인 등급을 매기기 위한 일률적 기준이 정확한 것일까? 사람이 진단하기에 정확할 수가 없다.

예전에는 정확한 기준이 아닌 의사 한 명의 판단으로 장애 급수가 정해졌다. 정확하게 등급이 매겨지지 않았으며, 등급판정은 형식적이었다. 개개인의 특성은 전혀 고려하지 않은 채 급수가 결정되었다. 따라서 일률적으로 급수가 매겨지고 그 사람의 기능 및 인지능력이 결정된다. 마치 1급 장애인은 모든 기능을 상실한 사람으로, 6급은 '야매 장애인'으로 보는 시선들이 있었다.

이런 장애인 등급제가 폐지된 건 2019년 7월이었다. 새롭게 개편된 제도는 기존에 중증장애인으로 통합되는 1~3급 장애인은 '장애의 정도가 심한 장애인'으로 표기하고, 경증장애인으로 통합되는 4~6급 장애인은 '장애의 정도가 심하지 않은 장애인'으로 표기된다. 이름만 바뀌었을 뿐 장애인 개개인의 특성이 반영되었는가에 대해서는 여전히 의문을 갖는다.

장애등급 폐지는 장애계가 '필요한 사람에게 필요한 만큼' 서비스를 제공하라는 장애 운동의 목소리로 시작되었다. 그러나 '등급'에서 '정도'로 명칭만 변경되었을 뿐 장애인 당사자에게는 개선되었다는 느낌이 피부에 와닿지 않는다. 오히려 장애인의 생존권이 위협받는 사례도 생겨났다. 실질적으로 도움을 받아야 하는 장애인들이 있음에도, 단지 급수가 낮다는 이유만으로 서비스를 받지 못하는 경우가 생겨난 것이다. 2014년 에이블 뉴스에 따르면, "송 씨는 30년간 살던 장애인시설에서 나와 자립하다 화재로 숨을 거뒀다. 구조요청을 못 할 정도로 장애 증세가 심했지만, 장애 3급을 받아 활동 지원 서비스를 신청하지 못했다"고 한다.

누구를 위한 복지정책인지 의문이 든다. 장애인 등급심사는 예전보다는 절차가 복잡해졌고 발급받기까지 시일이 걸린다. 기존에는 의사의 진단만으로 빠른 시일 내 복지카드가 발급되었다. 지금은 전문 의사에게 장애 진단서를 발급받은 후 주소지 관할 읍·면·동 주민 센터에 제출해야 한다. 그다음 장애 심사 전문기관인 국민건강관리 공단에서 전문 의사 2인이 참여해 자문회의를 통해 결정된다. 그 결과를 읍·면·동에 통보한다. 예전에는 의사의 판단만으로 결정되었다면 지금은 장애인의 행동을 보기 위해 일상생활을 촬영한 동영상을 제출해야 하는 경우도 있다. 장애인 등급이 나왔더라도 국민연금공단에서 재판정을 요구할 수도 있다. 판정 자체가 까다롭게 된 이유는 불편하지 않은 사람이 장애인 혜택을 받기 위해 악용하는 것을 방지하고자 하는 차원이다. 한 명의 의사에 의해 이루어지는 진단이 허위로 판정되는 것을 막기 위함도 있다.

장애인에게서 등급은 어떤 의미일까? '내 급수는 몇 급'이라고 번거롭게 설명하는 과정 없이 서비스 받을 수 있다는 것과 장애인이어서 누릴 수 있는 혜택들이 존재한다는 의미일까? 내 입장에서는 큰 도움이 되지 않는 혜택보다는 꼬리표 떼고 당당하게 살고 싶은 마음이 더 크다.

나에게 있어서 장애인 등급은 '주홍글씨'와도 같다. 나는 고3 수능을 치르기 몇 달 전까지 서류상으로는 비장애인이었다. '장애인'이라는 것을 내세워 혜택을 받고 싶지도 않았고 필요성도 못 느꼈다. 엄마는 자기 딸이 '장애인'이라는 꼬리표가 없어도 살 수 있다고 판단해서 장애인 복지카드를 만들어 주지 않았다. 나는 손 떨림으로 OMR 시험 답안 카드 마킹을 누군가가 대신해 주어야 해서 장애인 복지카드가 필요했다. '장애인 전형'으로 수능을 치르는 한순간을 위해 '장애인'임을 증명할 수 있는 것이 필요했다. 1998년 당시에는 뇌병변 장애가 분류되지 않았던 때다. 나는 '지체장애인 5급'이라는 꼬리표가 붙었다. 원치 않았지만 행정 서류상으로 공식적인 장애인이 되었다. 남들은 장애등급을 받으면 많은 혜택을 누릴 수 있을 것이라 말한다. 그 혜택은 장애인 당사자가 필요한 서비스가 아니라 등급에 따라 일률적인 서비스가 제공된다. 나에게는 불필요한 것들이었다.

장애인들에게 지원되는 서비스가 급수에 따라 일률적이기보다는 장애인인 당사자에게 직접적으로 필요한 부분을 제공했으면 좋겠다. 그렇게 되면 서비스를 받는 장애인도 일상생활에 직접적으로 필요한 도움을 받을 수 있고, 필요하지 않은 서비스를 지원하지 않아도 되어서 세금이 낭비되는 것을 막을 수도 있다. 그러기 위해서는 장애인들을 꾸준히 모니터링하는 과정이 필요하다. 결국은 장애인이 판정단을 비롯한 공무원과 원활한 소통을 해야 한다. 아파 본 사람이 아픔을 알듯이 장애인 정책을 담당하는 부처는 당사자인 장애인이 그 일을 담당하면 좀 더 나은 제도로 개선될 것이라 생각한다.

05

넌 그냥 다 똑같은 제자였다

"엄마! 다음 주에 담임 선생님이 가정방문 오신대."

"오셔도 딱히 드릴 말씀이 없는데…. 미리 말해 두는데 대학 갈 생각은 하지 마라."

나는 엄마의 말에 몹시 서운했다. 물론 아빠의 사업 실패와 동생의 골수암으로 인해 대학을 갈 형편이 아니었다. 그 당시 우리 집은 쌀 살 돈이 없어 이웃집에 쌀 동냥을 할 정도로 어려운 형편이었다. 이기적이었지만 그래도 나는 대학에 꼭 가고 싶었다.

며칠 뒤 담임 선생님이 가정방문을 오셨다. 엄마는 담임 선생님을 맞이했지만 반가운 표정은 아니었다. 이런저런 얘기 끝에 담임 선생님이 "순심이도 대학 보내실 거죠?" 하고 엄마에게 물었다. 엄마는 단호하게 '대학 보낼 생각이 없다'고 대답했다. 혹시나

하고 기대를 건 나는 엄마의 말에 크게 실망했다. 나의 표정을 보고 담임 선생님은 대학을 가고 싶어 하는 나의 마음을 대신 전달했다. 엄마는 나의 장애로 대학을 가도 취업이 쉽지도 않을 것이고 대학 보낼 형편도 안 된다고 말했다. 엄마는 마지못해 '만약 내가 국립대학을 가게 된다면 생각해보겠다'고 말했다. 선생님은 포기하지 않고 그래도 '순심이가 갈 만한 대학이 있으며 나의 의사가 중요하다'고 엄마를 설득했다. 담임 선생님의 그 말에 나는 희망을 걸었다.

어느 날, 담임 선생님이 나를 불렀다. 부산대에서 주최하는 백일장 대회가 있으니 한번 참가해보라는 것이었다. '제가요?' 하는 나의 표정에서 의아해하는 것이 느껴졌는지 담임 선생님은 작가 중에는 르포작가도 있고 작가의 세계도 다양하니 꿈을 포기하지 말라고, 경험 삼아 해보자고 용기를 주었다. 내게 특출난 글재주가 있는 것도 아니었다. 그냥 책 읽는 것을 좋아해서 국어국문학과를 희망하는 것을 담임 선생님도 알고 있었다. 그날 백일장을 가지 않았더라면 아마 대학을 포기했을 수도 있다. 대학생들이 교정에서 책을 두 손에 들고 여유롭게 이야기하는 모습을 보았다. 그 모습에서 '청춘'이 느껴졌다. 내가 본 그날의 대학생들은 TV에서 보는 것처럼 낭만 그 자체였다. 나도 그들과 같은 대학생이 되고 싶었다.

한번은 한 친구가 "선생님은 왜 다른 선생님들처럼 공부 잘하는 애들 안 예뻐하세요?", "왜 공부 못하는 애들만 챙겨요?"라고 질문했다. 선생님은 "공부 잘하는 아이들은 내가 안 챙겨도 잘하니 굳이 안 챙겨도 되잖아. 나는 내가 챙겨야 하는 애들을 챙길 뿐"이라고 대답했다. 그때 선생님이 참 멋있게 보였다. 공부를 잘하는 것보다 공부를 못해서 선생님에게 관심받는 내가 더 좋았다.

고등학교 2학년 때는 이런 일도 있었다. 그 당시 제2외국어로 일어를 배웠다. 암기에는 자신이 있는 나는 단어를 열심히 외웠다. 쪽지 시험에서도 늘 좋은 점수를 받았다. 좋은 점수를 받자 일어 선생님은 반 친구들에게 "순심이는 장애가 있어도 열심히 하는데 너희들은 뭐하니?"라고 말했다. 그 말을 듣는 순간 모욕감이 느껴졌다. 쪽지시험을 잘 보는 것과 내 장애가 무슨 상관이 있는지, 장애로 인해 일어 공부를 열심히 한 것이 아니라 나는 단지 재미있어서 한 것뿐이었다. 반 아이들에게 훈계용으로 나를 이용하는 것 같아 기분이 나빴다. 그 후로 나는 일어책은 쳐다보지도 않았다.

초등학교부터 고2까지 대개 선생님들은 나를 대하는 태도가 두 가지였다. '장애'가 있어서 나를 배제하는 선생님이거나 무조건적으로 배려를 하는 선생님. 그러나 고3 담임 선생님은 달랐다. 체력장을 할 때 오래달리기가 '자신 없다'고 말하면 열외시키는 다른 선생님들과 달리 '일단 뛰어보라'고 용기를 주었다. 또 무언가를 하고 싶다고 말하면 '네가 원하면 해야지' 하면서 기회를 주었다. 나를 '장애인'이 아닌 '학생'으로 봐주는 담임 선생님이 나는 좋았다.

이윽고 대학 입시 원서를 쓸 시기가 다가왔다. 선생님은 내가 갈 수 있는 대학들을 찾아봐 주었다. 그 덕분으로 나는 대학에 갈 수 있었다. 만약 그때 나의 의사가 아닌 엄마의 의견에 따라 선생님이 원서를 써주지 않았더라면 아마 나는 이 자리에 없었을 것이다.

담임 선생님은 나를 '장애인'으로 본 게 아니라 친구들과 똑같은 '학생'으로 봐주었다. 그 시선은 배제가 아니라 관심이었다. '장애인'이라는 프레임을 가지고 나를 보았다면 직장에서 가슴 뛰는 일을 하는 경험은 하지 못했을 것이다. 나에게 장애특성에 맞춰 현실에 타협하는 법을 알려주었더라면 지금의 나는 행복이라는 의미를 모른 채 살고 있을 것이다.

사람들은 '저 사람은 너무 말라서 나약해 보여', '저 사람은 외국인이라서 일 처리를 능숙하게 하지 못할 거야', '저 사람은 경험이 없어 못 미더워' 등의 저마다의 편견을 가지고 사람을 판단해 버린다. 그들의 의사와 상관없이 기회조차 주지 않는다. 그 기회가 누군가에게는 쉽게 주어지는 것일 수도 있으나 어떤 사람들에게는 간절함일 수도 있다.

06

대학의 낭만은 개뿔, 투쟁의 연속

합격 발표가 나던 날, 나는 ARS로 '합격'이라는 음성 메시지를 수십 번을 듣고 또 들었다. 내가 '대학생이 되었다'는 사실에 맘껏 기뻐했다. 대학생이 되면 '장애인'이라는 핸디캡에서 조금이나마 벗어날 수 있을 것 같았다.

부모의 반대에도 무릅쓰고 기어이 나는 '대학생'이라는 타이틀을 얻었다. 꿈에 그리던 대학생활이 시작된 것이다. 그 당시엔 '대학생' 하면 보통 풋풋한 스무 살의 새내기, 소개팅, 엠티 등을 떠올린다. 그러나 나에게 있어서 대학생활은 '낭만'하고는 거리가 멀었다. 오히려 '투쟁'에 더 가까웠다.

고등학교에서는 수업 시간에 선생님이 칠판에 쓴 내용을 보고 쓰거나 미처 받아쓰지 못한 내용은 친구의 노트를 빌려서 보완할 수 있었다. 수업 진도를 맞춰 가는 것에 큰 무리가 없었다. 대학은 고등학교와는 수업 방식이 아주 달랐다. 판서보다는 교수들은 말로 더 많은 내용을 전달했다. 미처 다 받아 적기도 전에 수업이 끝나 있을 때가 많았다. 나는 당황스러웠다. 힘들어도 전공책으로 보충하면 어느 정도 학업은 따라갈 수 있었다. 또 하나의 벽은 리포트 작성이었다. 그 당시 워드를 쳐본 경험이 없는 나에게 리포트 작성은 상당한 고역이었다. 고작 한 장을 작성하는 데, 1시간 반이 걸리곤 했다. 워드를 치면 팔에 힘이 너무 들어가 팔이 저려서 운 적도 많았다. 이것은 내가 잠을 줄이면 가능한 일이었다. 내 노력으로 감수할 수 있었다.

내가 자퇴를 고민하게 만든 것은 바로 '시험'이었다. 고등학교처럼 객관식 시험이 아니었다. 커다란 백지에 공부한 내용을 바탕으로 정해진 시간에 써서 제출해야 한다. 불공정한 시험이었다. 다른 사람에 비해 시간이 더 많이 필요했지만, 나에게만 시간을 더 줄 수는 없었다. 그건 부정행위로 간주하였다. 나는 긴장하면 어깨에 힘이 들어가며 불수의 운동이 일어난다. 여기서 '불수의 운동'이란 자신의 의지와 상관없이 몸이 움직여지는 현상을 말한다. 필기하는 데 시간이 오래 걸리는 건 나에겐 당연한 일이었다. 답을 미처 다 적지 못하는 경우에는 시험 시간을 배정받거나 대필해주는 도우미가 필요했다.

시각장애인에게는 점자 전공서적을 지원해주고, 휠체어 타는 지체장애인들이 강의실 이동이 편리할 수 있도록 문턱을 없애는 등 접근성이 쉽도록 환경이 뒷받침되어야 한다. 그것이 장애를 해소한다. 바로 이러한 모델을 '장애의 사회적 모델'이라고 한다. 사회적 모델은 '장애는 사회적 구성물이다'라는 것을 기본 전제로 하여 "장애는 장애 그 자체가 문제가 아니라 장애를 장애이게끔 하는 그 사회의 구조와 환경이 문제다"라고 주장한다(Finkelstein, 1996). 쉽게 말해, '장애를 가졌다는 것이 문제가 아니라 그 장애를 차별하는 사회가 문제다'라는 관점을 가지고 있는 것을 말한다.

내가 이 학교를 선택한 이유는 '장애인 특별전형'이 있다는 것과 '장애인을 도와주는 도우미 제도'가 있다는 모집 요강 때문이었다. 장애인 특별전형은 특기자 전형처럼 장애인만 특별전형으로 뽑겠다는 의미였다. 또한 장애인을 뽑았으니 그들이 학교에 다니는 것에 있어서 지장이 없게 만들어 주겠다는 의미이기도 하다. 여기서 '지장이 없다'라는 말은 경사로 설치 등의 이동권 보장처럼 장애 유형의 장애 학생이 교육받는 데 어려움이 없도록 세팅해서 장애를 해소하겠다는 뜻이다.

이러한 어려움을 겪은 뒤 나는 모집 요강에서 장애 학생을 돕는 도우미 제도가 있다는 것이 기억이 났다. 나는 도우미 신청을 위해 학교 사무처에 찾아갔다. 학교 측에서는 그러한 제도가 있지만 도우미를 신청한 선례가 없었다고 말했다. 올해는 도우미 학생에게 돌아갈 예산이 편성되어 있지 않아 불가능하다는 답변을 받았다. 그때 학교에서 내려다보이는 낙동강 불빛이 온통 회색빛으로 보였다. 암울한 내 미래를 암시하는 것 같았다. 낙담하고 있는 나를 본 조교 언니가 선배 한 명을 소개해주었다. 그 선배 역시 양팔이 없는 지체장애인이었다. 그 선배의 첫인상에서 당당함이 느껴졌다. 그 모습이 참으로 멋있어 보였다. 은영 선배는 나의 롤 모델이 되었다. 지금은 틈틈이 번역도 하면서 선교사로 멋지게 살고 있다. 언니는 나의 고민을 말없이 다 들은 후 온유한 미소를 지으며 나를 일으켜 세우는 한마디를 해주었다.

"순심아! 우리가 대단한 일은 못 하더라도 포기하는 일은 없어야 해. 지금 힘들어서 포기할 수는 있어. 하지만 네가 주저앉으면 앞으로 들어오는 장애인 후배들은 희망을 품을 수가 없어."

"그리고 힘들게 들어온 학교를 그만두는 것으로 끝나는 것이 아니야…. 사회는 너의 장애에 맞춰 주지 않아, 그때마다 도망가는 것이 아니라 헤쳐나갈 수 있는 힘을 길러야 해! 대학에서 장애인을 돕는 도우미 제도가 있다고 명시되어 있다면 불편함 없이 학교 다닐 수 있도록 하는 것은 학교의 책임이자 당당히 네가 요구할 수 있는 권리이기도 해."

대한민국 헌법은 모든 국민에게 교육받을 권리가 있다고 명시

되어 있다. 장애인에게 교육받을 권리는 지금도 어느 부분에 있어서는 투쟁해야만 얻어지는 권리다. 여기서 말하는 '권리' 속에는 거동이 불편한 장애학생에게는 이동권 보장, 청각장애학생에게는 속기사 배정, 시각장애인에게는 이동권과 점자지원을 돕는 도우미 배정을 말한다. 즉 공부하는 데 있어서 불편한 것들에 대해 요구할 수 있는 것이다.

지금도 여러 학교에서는 최소한의 학습권만 주어질 뿐 장애학생이 제대로 교육받을 권리는 주지 않고 있다. 그 권리는 학교 측에서 불쌍한 장애인에게 베푸는 적선이 아니다. 장애인이 온전한 학습을 위해 학습권을 요구하는 것은 당연한 일이다.

은영 선배의 말을 듣고 나는 오기와 용기가 생겼다. 나는 다시 학교 측에 항의했다. 있는 제도임에도 지원을 안 하는 것은 부당하다는 의견을 말하며 매일매일 찾아갔다. 모집 요강에는 장애인 도우미 제도가 있음을 광고했지만, 이행하지 않는 것은 장애학생이 낸 등록금을 학교의 운영 재정으로 충당하는 수단으로 사용했다는 생각이 들었다. 그렇게 한 달이 지난 후 도우미 배정에 대한 예산이 편성되었다는 연락이 왔다. 그때 조교 언니와 은영 선배는 자기 일처럼 기뻐해 주었다. 그다음 해부터 많은 장애인이 편리하게 도우미 제도를 이용할 수 있었다. 나의 투쟁으로 도우미 지원 제도가 제 기능을 하게 된 것이다. 하지만 신입생인 나는 아는 사람이 많지 않았다. 나를 도와줄 사람을 구하는 것이 또 막막했다. 그때 은영 선배가 기독교 동아리 활동 중인 언니 한 명을 소개해주었다. 그 언니를 시작으로 4년 내내 도우미는 계속 바뀌었지만, 친구들과 선배들의 도움으로 나는 무사히 졸업할 수 있었다.

졸업식 날, 도우미 지원 때문에 골머리 썩었던 교직원이 찾아왔다. "4년 동안 수고했다"고 했다. 또한 기억에 많이 남을 학생이고 고생해서 공부한 거 아깝지 않게 당당하게 살기 바란다고 격려해주었다. 졸업식 날 사진 속의 엄마는 벌겋게 충혈된 눈으로 미소를 짓고 있다. 그 미소와 졸업장은 4년 동안 힘들게 다닌 고단함의 값진 결과물이었다.

07

인복 있는 사람

대학에 다니면서 '장애' 때문에 좌절되는 순간은 많았다. 그래서 포기하고 싶을 때마다 나를 일으켜 세운 사람들이 있었다. 그중 동아리 사람들과 과 동기인 태연은 지금의 나를 있게 만들었다.

태연이와 나는 '장애인 응시생'으로 따로 배정 받은 수능 시험장에서 처음 만났다. 그 당시에는 그 친구와 인연이 오래 이어지리라고는 생각하지 못했다. 우리는 대학교 면접장에서 다시 만났고, 서로 신기해했다. 오리엔테이션이 있던 날, 긴장한 채로 강의실에 들어갔다. 강의실 문을 연 순간 제일 먼저 눈에 들어온 사람이 태연이었다. 그 친구를 본 순간 '아, 대학생활이 외롭지 않겠구나'라는 생각이 들었다. 나는 나와 같은 장애인을 보면 꼭 나를 보는 느낌이 들어 불편하다. 그런데 이상하게도 그 친구에게는 그런 거부감이 느껴지지 않았다. 그 친구는 시각장애 5급이었고, 나는 지체장애 5급이다. 경증 장애인인 우리는 서로의 장애를 보완해주었다. 예를 들어 식당에 가면 나는 그 친구의 눈이 되어서 메뉴판을 읽었고, 그 친구는 나의 팔이 되어 식판을 들어주었다. 각각의 로봇이 합체하면 힘이 강해지는 '변신 로봇'이 되는 순간이었다. 그 친구는 나와는 다르게 '피해의식'이 없었다. 자신의 장애를 인정하고 오픈하는 멋있는 친구였다.

태연이는 '변신 로봇' 같은 존재였다면 동아리 사람들은 세상을 향해 날 수 있도록 해준 '날개'와 같은 존재였다. 은경 언니는 나의 대학생활을 이야기할 때 빼놓을 수 없는 사람이다. 은경 언니를 통해 동아리 사람들과도 인연을 맺을 수 있었다. 내가 학교 생활하기에 어려움이 없도록 도와준 은경 언니는 대학생활 내내 많은 위로를 주었다. 늘 앞서 걱정하는 버릇이 있는 나에게 '그냥 하면 되지' 하면서 항상 용기를 주었다. 무언가를 실수하여 자책하면 '괜찮아, 다시 하면 돼'라며 위로해주었다. 나는 종종 '장애로 인한 실패작'이라고 말했다. 그때마다 은경 언니는 "순심아! 너는 최고의 걸작품이야"라며 자책하는 나를 따뜻한 말로 다독였다. 간혹 언니가 시험을 치거나 아르바이트로 나와 시간이 맞지 않을 때도 있었다. 그럴 때는 동아리 사람들이 너 나 할 것 없이 도와주었다. 그들은 대가 없이 공부하는 시간을 쪼개 가며 시험 대필자로 들어왔으며, 리포트 타이핑도 도와주었다. 자신의 시간을 내준다는 것은 말처럼 쉬운 일이 아니다. 대학생활을 무사히 마칠 수 있었던 건 고마운 사람들이 있었기 때문이다. 그들은 내가 도움이 필요할 때 기꺼이 도와주었지만, 단 한 번도 보상을 바라지 않았다. 그들은 나를 '장애인'으로 본 것이 아니라 '친구'로 봐주었기 때문이다.

대학을 다니면서 많은 것을 얻었다. 그중에 가장 크게 얻은 건 '사람'이었다. 사람들은 도움을 요청하면 큰 거부감 없이 도와준다. 이때 도움받는 장애인의 자세가 중요하다. 도움받을 때 '내가 장애인이라서 불쌍해서 도와주는 건 아닌가?'라는 삐딱한 시선은 버려야 한다. 비장애인은 장애인에게 인격적으로 대해야 한다. 장애인 역시 비장애인에게 예의를 갖추어야 한다. 장애 학생을 도왔던 도우미 학생의 고충을 들은 적이 있다. 그 학생은 도우미 역할에 최선을 다했다고 한다. 자신의 모든 스케줄을 장애인에게 맞추었다. 하지만 도움받는 장애인은 도우미 학생을 마치 자신이 고용한 사람처럼 대했다는 것이다. 약속 시간 30분 전에 일방적으로 취소하거나 강의 내용을 애써 요약해 가면 장애인은 '이런 거 필요 없다'며 도우미 학생을 당황스럽게 만들기도 했다. 도우미를 지원한 학생은 처음에는 장애인을 돕고자 하는 선한 마음으로 출발했을 것이다. 한 명의 장애인 때문에 도우미 학생은 장애인을 전체적으로 '이상한 사람'으로 성급한 일반화를 시켜버렸다. 무례한

한 명의 장애인으로 인해 장애인 전체를 부정적으로 바라보는 건 잘못된 생각이다. 이 경우에 근본적인 원인은 장애인에게 있었다. 당사자는 도움받는 것에 '피해의식'이 있거나 '장애인이라 배려받는 것은 당연한 권리'라고 착각했다. '배려'라는 것을 잘못 이해하고 있었다.

예전에는 사람들이 도와주지 않는 것에 대해 서운한 마음이 들었다. 지금 생각해보면 그 마음은 나의 욕심이었다. 지금은 도움을 받으면 나에게 마음 써주는 것이 감사할 따름이다. 설령 도와주지 않더라도 그건 상대방의 마음이다. 그 마음을 강요할 수는 없다.

장애인과 비장애인의 사이는 갑과 을의 관계가 아니다. 같은 위치에서 관계를 맺는 사람들이다. 사람은 혼자서는 살 수 없다. 한쪽 편에서 일방적으로 상대방 마음을 내 뜻대로 좌지우지하는 일은 없어야 한다. 상대방이 나만 이해해주길 바라는 것도 욕심이다. 상대방의 마음 그대로를 인정해야 한다. 그것이 함께 어울려 살아갈 수 있는 길이다.

08

밥벌이는 하게 되었습니다

2002년 9월 햇볕이 내리쬐는 가을날, 4학년 2학기가 시작되었다. 강의실에 들어가니 학생들은 3분의 1만 남아 있었다. 보이지 않는 친구들은 방학 동안 취업을 했다고 한다. 취직한 친구들이 한없이 부러웠다. '나를 받아주는 회사가 있을까'라는 막연한 불안감이 밀려왔다. 부모의 반대를 무릅쓰고 대학에 입학했으니 보란 듯이 취업하고 싶었다. '나도 내 밥벌이 정도는 할 수 있다'고 당당하게 말하고 싶었다.

나는 8월부터 집 주변을 중심으로 원서를 쓰기 시작했다. 장애인 복지관을 시작으로 장애인 시설, 장애인 협회 등 구인광고가 올라오면 모조리 지원서를 냈다. 특히 채용조건에 '장애인우대'라는 문구만 보여도 희망이 보이는 것 같았다. 원서를 쓰면 쓸수록 그건 '면접까지만 허락할게'의 의미에 불과했다는 것을 깨달았다. 채용공고에 '장애인우대'를 기재하는 것은 "이 기관에는 장애인 직원이 없나요?"라고 물었을 때 "장애인 채용공고를 냈지만, 적격자가 없었다"라는 핑계를 만드는 구실이라는 생각이 들었다. '장애인우대'라는 다섯 글자는 보여주기 식에 불과하며 장애인들에게는 '그림의 떡'일 뿐이다.

사회복지 현장이 약자에게 서비스를 지원하는 곳이라 '장애인'을 채용하는 것에 있어서 다른 기업들보다는 호의적이라고 생각한 것은 나만의 착각이었다. 나의 장애가 서비스 대상자들의 마음을 비장애인들보다 더 잘 공감할 수 있어서 강점이 될 거라고 생각했다. 그러나 그것은 걸림돌에 불과했다. 필드에서 도움이 되고자 대학에 다니는 동안 봉사한 것들은 헛된 노력일 뿐이었다. 필드에서조차도 장애인이 가지고 있는 능력을 파악하기보다는 '정상성'을 요구한다. 즉 '장애인우대'라는 범주는 '정상에 가까운 장애인'을 뜻하는 말이다. '장애인'이라는 타이틀을 가지고 취업하는 것은 말처럼 쉽지 않았다. 이것은 개인의 노력만으로 해결될 수 있는 상황이 아니다. 지금 시설에 근무하면서 느낀 점이지만 신체적인 결함만으로 장애인 채용을 꺼리는 것은 아니다. 그것보다는 장애인들의 특징인 피해의식 때문에 동료 간에 관계를 맺는 것이 서툴러서 불협화음을 내는 사례도 있다는 의견에 동의한다. 나 역시 '피해의식' 덩어리였다. 남들은 그렇게 생각하지 않지만, 장애인 당사자는 그렇게 생각하고 오해하기도 한다. 장애인인 당사자는 편협한 사고를 내려놓고 오픈된 마음가짐을 가져야 한다. 이렇게 말은 해도 나 역시 그게 지금까지도 잘 안 된다.

우리나라에는 장애인 의무 고용 제도, 장애인 고용 장려금 지원 등 장애인의 취업 기회를 확대하기 위한 제도들이 있다. 공무원 시험에는 장애인을 따로 구분하여 선발하기도 한다. 몇 년 전 장애인이 공무원이 된 사례를 보았다. 그분은 장애인 분야로 응시했고 공무원 시험에 합격했다. 합격한 장애인의 '장애 특성'을 고려하지 않고 직무에 배정되었다. 이것은 엄연히 '인권침해'이며 '차별'이다. 장애인 응시자는 장애가 있다는 사실을 숨긴 채 일반 전형으로 응시한 것이 아니다. 관공서 측은 충분히 이 부분을 고려해야 하는 상황이었다. 장애인 당사자 또한 공무원의 길을 포기하기보다는 자신의 장애 특성을 고려해 일할 수 있는 파트로 재배정을 요구해야 한다. 그것은 당연한 권리다. 내가 근무하는 시설에서는 나의 장애 특성을 고려하여 직무를 배정해주었다.

한국장애인고용공단에서 2019년에 발표한 자료에 따르면, 2018년 기준으로 장애인은 전체 인구의 5퍼센트라고 한다. 전체 인구의 실업률이 4퍼센트대일 때, 장애인 실업률은 6퍼센트다. 애초에 최저 임금법 제7조는 '정신장애나 신체장애로 근로 능력이 현저히 낮은 자'를 최저임금 적용대상에서 제외하고 있기도 하다.*
한국장애인고용공단에서는 취업 성공패키지 상담원과 훈련원 상담원, 시각장애인들은 안마사 등으로 취업할 수 있다. 장애인 일자리 지원 사업으로 공공기관, 복지관에 취업해 일할 수 있다. 그들은 환경미화원, 주차관리, 관공서 업무를 보조하는 일들을 한다. 장애인 거주시설 내에 보호 작업장이 있다. 보호 작업장은 시설에 거주하는 장애인들이거나 재가 장애인 중에 근로 능력이 있는 장애인이 일한다. 그곳에서는 쇼핑백 접기, 초콜릿 포장 작업, 방역소독 등의 업무를 한다. 그들의 월급은 5만 원에서 40만 원 사이다.

2008년도에 한국장애인복지시설협회 주관으로 '장애인 의사소통 매뉴얼 개발' 연구원으로 활동한 적이 있다. 그 계기로 홍콩의 사회복지 현장을 둘러볼 기회가 있었다. 그곳은 장애인 시설, 교육기관이 한 건물에 있었고 도심 한복판에 있었다. 우리나라에서는 상상할 수 없는 일이었다. "장애인 시설이 도심에 있어도 시민들이 싫어하지 않는가?"라고 했다. 홍콩의 사회복지사는 "교통이 편리한 곳에 있어야 접근성이 용이하고 장애인이 편리하게 이용할 수 있기 때문에 도심에 짓는 것이 당연하다"고 대답했다. 장애인을 국가가 책임진다는 의미에서는 우리나라와 같지만 나아가

* 안희제, 《난치의 상상력》, 동녘, 148~149쪽

는 방향이 달랐다. 우리나라는 장애 수당을 지급할 테니 목소리를 낮추고 살라고 한다. 또한 장애인은 한정된 직업군 안에서 자신이 원하지 않는 일을 하면서도 고마워해야 하는 구조다. 이 의미는 우리나라는 장애인 당사자가 주체적으로 살아가기보다는 주어진 환경에 맞추어 살기 바란다는 것이다. 우리 사회에서 비장애인들이 장애인을 바라보는 시선 중에는 '자신들이 내는 세금을 축내는 집단'이라는 시선이 있다. 또 다른 한편에서는 '장애인들이 밖으로 나오지 않았으면 좋겠다고 생각하는 사람'들도 있을 것이다.

홍콩은 모든 장애인이 자신들이 원하면 일을 할 수 있는 시스템이었다. 장애 종별을 떠나서 그 사람이 원하는 곳에 취업을 하기 위해 수년간 취업 훈련 교육을 한다고 한다. 취업 후 적응이 안 될 경우 재교육도 실시한다. 공공기관은 복사 용지 납품이나 청소는 장애인들만이 할 수 있는 일자리로 분류해 놓는다. 맥도날드가 그 나라에 들어올 때의 조건 중 하나가 '장애인 고용'이었다고 한다. 이러한 장애인 정책을 펼치는 이유를 물어보니 그 사회복지사의 말에 큰 울림이 있었다. "그들도 국민이다. 그러므로 사회에 참여할 기회는 있다." 그 말에 홍콩은 '장애인을 도움을 주어야 하는 존재'로 바라보기보다는 '주체적인 한 사람'으로 바라보는 것 같았다. 그 마인드와 정책이 부러웠다.

우리 시설에 급여가 적어서 외부 취업을 희망하는 장애인이 있었다. 여기저기 취업할 만한 곳을 알아보았다. 시골은 출퇴근하기도 어려우며 도시와 비교해 장애인이 취업할 수 있는 곳이 적다. 장애인을 이해하고 받아주기로 한 사업체와 교통편과 장애인 능력에 맞는 사업장을 겨우 찾아냈다. 이 세 박자가 들어맞기는 말처럼 쉽지가 않다. 결국 그 장애인은 취업하지 않았다. 왜냐하면 취업하게 되면 80만 원이라는 급여를 받을 수는 있지만 수급자에서 탈락되기 때문이다. 한 달에 80만 원을 받아서 실비(장애인 시설에 내는 생활비)를 내고 고정적으로 들어가는 비용을 제외하면 20만 원 정도가 남는다. 일을 하지 않아도 장애연금으로 20만 원을 받을 수가 있다. 이처럼 장애인은 취업할 곳이 한정되어 있거나 취업을 하게 되면 탈수급자가 될 수밖에 없다. 장애인 복지의 목적은 사회통합이다. 장애인의 사회통합을 위한 사회복귀는 그야말로 희망 고문에 불과하다.

사회복지 현장에 취업을 원하는 장애인이 있을 것이다. 솔직히 필드에서는 장애인보다 비장애인을 채용하고 싶어 하는 것은 사실이다. 그렇다고 해서 주눅들 필요는 없다. 장애의 특성을 고려하여 취업 준비를 하면 된다. 예를 들어 시각장애가 있지만, 언어 전달에 무리가 없는 경우 상담 업무 분야 등 자신의 장애 특성을 고려하여 지원하면 된다. 신체적인 장애가 있으면 서비스 대상자에게 직접적인 서비스를 전달하는 업무는 지양하기를 바란다. 장애가 있더라도 부분적인 도움만 필요로 하는 분야에 지원하면 될 것이다. 나의 경우에도 장애인을 직접 케어하거나 12인승을 끌고 다니면서 하는 업무를 하기에는 무리가 있다. 반면에, 프로그램을 기획이나 회계 등 사무실에서 주로 하는 업무에 지원한다면 무리 없이 일할 수 있다. 하지만 어느 기관이든 자신의 고유 업무만 할 수 없다는 것도 알아야 한다. 모든 업무를 비장애인처럼 척척 해낼 수 없음을 인정하고 받아들여야 한다.

나는 취업을 못 하는 일이 있더라도 원치도 않는 곳에 맞춰서 일하기는 싫었다. 남들이 볼 때 '배가 불렀다'고 생각해도 어쩔 수 없었다. 나는 전공을 살려서 일하고 싶었다. 전국에 수많은 사회복지 기관이 이렇게 많은데 '나 하나 들어갈 데가 없다'는 생각에 절망했다. 결국, 나는 취업도 하지 못하고 국가의 세금이나 축내는 사람으로 살 것 같았다. 장애를 가졌기 때문에 대학 대신 기술을 배우는 것이 취업에 유리하다는 부모님의 말씀을 인정하기 싫었다. 사회의 낙오자가 될 것 같아 불안했다.

원서를 내는 범위는 부산에서 출발하여 강원도까지 뻗어 나갔다. 강원도가 어쩌면 나의 마지막 희망이라는 생각으로 원서를 냈다. 그 마지막 희망은 나를 저버리지 않았다. 그 희망이 현실이 된 곳이 지금 내가 일하는 이곳이다. 그 당시 사무국장이었고 지금의 원장님은 “나를 뽑지 않으면 사회의 낙오자가 될 것 같아서 기회를 주고 싶었다”고 했다고 한다. 그 말은 채용이 된 뒤에 다른 사람으로부터 전해 들었다. 그렇게 나는 사회 구성원이라는 대열에 합류할 수가 있었다. 나의 합격 소식을 들은 엄마는 나에게 “심아! 대학 가는 거를 반대해서 미안하다”고 사과했다. 나도 엄마가 왜 반대했는지 잘 알기에 그 마음도 이해했다. 장애를 가진 딸이 남의 밑에서 일하면서 구박당할까 걱정하는 마음에 기술이라도 배워서 떳떳하게 일하길 바라는 마음이었을 것이다.

엄마는 온전치 않은 딸을 객지로 떠나보내는 것을 불안해했다. 자신이 직접 보고 와야겠다며 강원도로 나와 동행해주었다. 나를 두고 다시 부산으로 내려가는 엄마의 불안함을 지금의 원장님이 눈치채고는 엄마를 터미널까지 픽업해주면서 “어머님, 제가 백 선생님 잘 적응하도록 할 테니 너무 걱정하지 마세요”라고 말했다고 한다. 그 말에 엄마는 마음을 놓을 수 있었다. 엄마는 그때 원장님의 따스한 말 한마디를 지금도 잊지 못해 종종 안부를 물어본다.

그렇게 나는 눈이 펑펑 내리는 날에 5개월의 기나긴 취업의 여정을 끝낼 수 있었다.

09

당당하게 도움받아야 하는 이유

나는 정기적으로 병원 진료를 보기 위해 서울에 간다. 이번 진료에는 남편과 스케줄이 맞지 않아 혼자 가게 되었다. 병원 진료가 끝난 후 시계를 보니 두 시가 넘었다. 점심시간이 한참 지난 후라 나는 허기져 있었다. 요즘 식당가는 밥 먹을 사람이 직접 음식을 가져오는 시스템이 많아졌다. 예전에는 이런 경우, 밥을 먹지 않고 그냥 집으로 돌아갔다. 도와달라는 말을 하기가 어려워서였다. 미처 빨대를 챙겨 오지 못한 날에는 목이 말라도 물도 마시지 못했고 먹고 싶은 음료수가 있어도 먹지 않았다.

나의 장애를 생전 처음보는 사람에게 굳이 알리고 싶지 않아서 남들에게 도움을 청하는 일은 하지 않았다. 처음 교통카드가 나왔을 때 나에게는 신세계 그 자체였다. 사람들의 시선에서 벗어날 수 있었기 때문이다. 어릴 적 버스 탈 때마다 현금을 내고 잔

돈을 받는 부자연스러운 내 모습이 사람들에게 집중되는 것이 싫었다. 교통카드가 충전되어 있지 않으면 불안했다. 무엇이 그토록 두려웠을까? 예전에는 그 이유가 '사람들의 이목'이었다고 생각했다. 그러나 그것은 표면적인 이유였다. 그 뒤에 숨은 이유는 나 스스로가 '장애'를 받아들이지 못했기 때문이었다. 이제는 혼자 식당에도 가고 카페도 간다. 주문 후 당당하게 말한다. "죄송하지만, 저는 장애가 있어 국물이 든 음식(음료)을 들 수가 없어요. 번거로우시겠지만 도와주시면 감사하겠습니다"라고 부탁한다. 이렇게 도움을 청하기까지 많은 시간과 용기가 필요했다. 그렇게 부탁했을 때 거절한 사람은 단 한 명도 없었다. 사람들은 기본적으로 남을 도와주고자 하는 선한 마음을 가지고 있다. 사람들은 본인 외에 다른 사람에게 큰 관심이 없다는 것도 깨달았다. 나는 그동안 그 사실을 모르고 살아왔다. 내 안에 나를 가두고 세상에 맞서지 못한 채 두려움을 가지고 살아온 것이다.

사람들은 내가 말하지 않는 이상 무엇이 불편한지, 어떤 도움을 줘야 하는지, 도움을 주는 것이 실례가 되는 건 아닌지의 이유로 망설이게 된다. 내가 그들에게 어떤 도움이 필요한지 말해야 한다. 물론 남에게 도움을 받는 것이 마냥 마음이 편한 것은 아니다. 사람들과 동등한 입장이 될 수 없는 사실에 때로는 위축감이 들 때도 있다. 도움을 받은 사람들에게 나의 감정을 숨긴 채 무조건 친절한 가면을 써야 하는 건가라는 생각을 하기도 한다. 물론 고마운 마음에 한두 번은 친절한 가면을 쓸 수 있다. 그러나 그것이 지속된다면 그것은 내가 아니다. 사람들의 도움으로 사회생활을 무리 없이 할 수 있는 것은 감사한 일이다. 그러나 도움받은 이에게 친절하게 응하지 않으면 도와주는 사람의 입장에서는 은혜도 모른다고 괘씸하게 생각할 수 있다. 그들이 나를 돕는 것을 선택할 수 있듯이 나 또한 도움 받은 이들에게 선택적으로 친절하게 대할 수 있다. 내 감정에 충실하고 주체적으로 선택할 권리이자 어느 한쪽으로 기울지 않는 관계를 맺는 방법이다.

나는 이제껏 살아오면서 많은 도움을 받아왔고, 또 앞으로도 그래야 할 것이다. 많은 사람에게 신세 진 것을 일일이 갚아야 한다고 생각하면 아마 나는 평생이 걸려도 갚지 못할 것이다. 예전에는 꼭 갚아야 한다고 생각하는 강박관념이 있었다. 지금은 그 마음의 짐을 내려놓고 싶다. 그 대신 그들에게 고마운 마음은 잊지 않고 살 것이다. 도움을 받았다고 해서 꼭 받은 사람에게 돌려주기보다는 내 도움이 필요한 사람에게 도움을 주면서 살아가고 싶다.

10

있는 모습 그대로 나를 인정하며 사는 것

나는 어릴 적 '정상화'에 가까워지도록 강요당했다. 친구들과 한창 놀 시간에 발음 연습, 숟가락 잘 잡는 법, 똑바로 걷는 법, 청소, 설거지 등 일상생활에 필요한 훈련을 매일 해야만 했었다. 엄마는 내가 비장애인처럼 비슷하게라도 흉내 내길 바랐다. 그것이 사람들에게 조금이라도 무시를 덜 당하는 방법이라고 생각했을 것이다. 반복 훈련을 하는 시간에 고무줄놀이, 술래잡기하느라 친구들의 목소리는 동네 골목에 왁자지껄하게 들렸지만 나갈 수가 없었다. 그 당시 난 숟가락으로 완두콩을 옮기고 있었지만 마음은 이미 친구들에게 가 있었다.

학교에서는 동작이 느려 칠판에 적힌 내용을 미처 다 적지 못했다. 손 떨림은 나의 신체적인 결함일 뿐이다. 그러나 칠판 내용을 외우지 못한 나는 머리 나쁜 아이가 되어야만 했다. 후들후들

떨리는 손으로 열심히 칠판 내용을 옮겨 적었지만, 내용의 반도 쓰지 못했다. 칠판 내용이 지우개로 지워지는 순간, 시간을 배려해주지 않는 선생님이 야속하고 자괴감이 들었다. 학교는 장애로 인해 행동이 느린 학생이 다닐 수도 있다는 가능성을 열어두지 않는다.

'장애'는 신체적, 정신적인 기능이 제한되어 고칠 수 있는 병이 아니다. 약물이나 재활을 통해 조금은 호전될 수는 있지만, 완치되지는 않는다. 엄마는 '장애인'인 내가 '정상 범주'에 들어가길 바랐다. '장애'를 고칠 수 있다는 희망을 안고 병원에 갔을 때 의사는 나에게 특수학교에 가기를 권했다. 엄마는 '우리 아이는 일반학교 다니는 것'에 무리가 없다고 단호하게 말했다. 그 후로 엄마는 이 병원 저 병원으로 찾아다니는 일을 더는 하지 않았다. 대신 엄마는 일상적인 훈련을 반복하면 비장애인처럼 살 수 있을 거라는 기대를 쉽게 저버리지 않았다. 그 기대에 부합하고자 나는 무던히 노력했다. 그 결과 장애를 가졌지만 좀 더 편하게 생활할 수 있는 대처방안들이 생긴 건 사실이다. 그것은 '극복'이 아니라 '반복을 통한 익숙함'이었다. 그 익숙함이 소위 사람들이 말하는 '정상'을 의미하지는 않는다. 나에게는 '익숙함'이었지만 다른 사람들이 보기에는 '어설픔'이었다. 비장애인 기준으로 '능숙함'은 나에게는 아무리 노력해도 주어질 수 없는 단어다. 나를 포기하고 시설로 보내지 않고 끊임없이 가르치고 훈련시킨 것에 엄마에게 감사하다.

최선의 노력에도 나는 사람들이 흔히 말하는 정상 범주에 들어가지 못했다. 그것은 '희망 고문'에 불과했다. '아무리 노력해도 그 집단에 들어갈 수 없다'는 사실을 그때 알았더라면 내 어린 시절이 그리 고단하지는 않았을지도 모른다. 엄마가 어린 나에게 '비장애인처럼 행동해야 사회에 나가서 살아남을 수 있어!'가 아니라 '장애인이지만 다른 사람들과 어울려 살 수 있음'을 알려주었더라면 더 좋았을 거라는 아쉬움이 남는다. 나에게 비장애인처럼, 완벽함을 추구하길 요구하는 것은 '너는 부족한 사람'이라는 것을 인정하게 만드는 것이었다. '한라는 평범하게 태어나지 않았는데, 왜 다른 사람들처럼 살아야 하는지 이해가 되지 않았다'* 내가 장애 그 자체를 받아들였다면 타인의 시선에서 조금 더 빨리 벗어났을 것이다. 비장애인을 어설프게 흉내 내는 일 따위는 하지 않았을 것이다. 어린 시절에 나를 바라보는 사람들의 호기심 어린 시선이 두려웠다. 도망치고 싶은 마음뿐이었다. 내 잘못도 아닌데 움츠러들었다.

그랬던 30년 전의 어린 나를 꼬옥 안아주고 싶다. 나의 장애

* 김아영, 《제멋 대로 버디》, 라임, 30쪽

를 인정하고 그 범주에 속하지 않더라도 '행복하게 살 수 있다'고 말해주고 싶다. 이루어지지 않는 불가항력적인 것에 힘을 빼기보다는 나 자신을 사랑하는 것에 집중했더라면 시간을 낭비하지 않았을 것이라는 아쉬움이 남는다.

어떤 기준이 정상일까? '정상 범주'라는 기준은 누가 정하는지 모르겠다. 다수의 무리에 있으면 정상이고, 그 나머지 동성애자, 미혼모, 장애인 등 '소수 집단'이라는 이유로 비정상으로 분류되어야만 하는가? 이 집단들이 평범하지 않다고 누가 감히 규정할 수 있을까? '이렇게 기준을 정한다'고 다수 집단은 소수 집단에게 동의를 구한 적이 있는가? 어느 무리의 의견을 배제하고 결정하는 것은 차별이며 무시하는 행위다. 다수의 집단은 의식하지 못한 채 특권을 누리고 있다.

다수의 집단은 소수 집단에게 '인정받고 싶으면 노력해보라'고 요구한다. 소수자들은 그 요구에 부합하고자 무던히 애쓴다. 소수 집단에 속한 우리의 노력은 가상하나, 자신들의 무리에 끼워주지 않는다. 설령 끼워주더라도 그것은 소수 집단의 노력의 결과가 아니다. 그들은 이해심 많은 사람으로 위장한 '적선'에 불과한 태도를 취한다. '노력의 대가'가 '적선'이라는 것을 확인하게 되었을 때 비참해진다. 이길 수 없는 달리기를 위해 무한반복으로 트랙을 돌고 있는 나를 발견한다. 나는 '적선' 대신 '서로 다름의 차이를 인정', '존재 자체로서의 인정'을 받길 원한다.

중학교 때, 스승의 날 엄마는 선생님에게 전달할 선물을 나에게 주었다. 선물 속에는 편지가 들어 있었다. 나는 그 편지를 학교 가는 길에 읽었다. 지금 그 편지 내용은 잘 기억나지 않지만 선명하게 기억나는 단어가 있다. 그 단어는 '미천한'이었다. 내용으로 이해가 되었지만 정확한 뜻을 알고 싶었다. 나는 국어사전을 찾아보았다. 그 단어의 뜻을 보는 순간 '아, 나는 하찮은 존재구나'라는 생각을 했다. 엄마는 '부족한 딸이지만 잘 봐주십사'하고 부탁하는 의미였을 것이다. 그러나 '미천한'이라는 단어가 나를 하찮은 존재로 만들어 버렸다. 그 단어가 나의 정체성을 말해주고 있는 것 같았다. 그래서 남들이 베푸는 호의나 친절을 진심으로 받아들이기보다는 '저 사람은 내가 미천하여 불쌍한 마음에 잘해주는 것'일 거라는 생각에 사람들을 끊임없이 의심했고 마음의 문을 쉽게 열지 못했다.

사람들은 키가 작거나 눈이 작거나 장애가 있거나 조건 없이 존중받아야 한다. 또 나에게 없는 것과 내가 가지지 못한 것을 비교하다 보면 자존감이 낮아질 수밖에 없다. 그러므로 '있는 모습 그대로 나를 인정하며 사는 것'이 중요하다. 그래야 나의 삶을 주체적으로 눈치 보지 않으면서 살아갈 수 있다.

사람의 가치는 타인에 의해서 만들어지는 것이 아니다. 나 자신이 다른 사람과 다르다고 해서 가지지 못하는 것도 아니다. 가치는 스스로 만들어가는 것이다. 어린 시절 '쓸모없는 사람'이라고 생각한 나에게 말하고 싶다.

"순심아, 넌 충분히 존중받을 가치가 있어."

11

장애인이 아닌 엄마로 성장하게 하는 곳, '엄방'

내가 활동하는 네이버 카페 〈엄마의 꿈방〉(이하 엄방)은 나의 내면을 단단하게 만든 '인생 카페'다. 이곳의 수장이자 '엄마의 멘토'인 한혜진 작가는 《극한육아 상담소》라는 책을 펴냈다. 이 책에서 그녀는 다른 사람들처럼 '엄마가 왜 그래?'가 아닌 '한 아이의 엄마가 되어가는 과정은 다 힘든 일'임을 말해주고 위로해준다. 이곳 카페 회원들을 '각자의 또는 서로의 꿈을 프로듀싱하는 피디들, 꿈 피디를 줄여서 '꿈디'라고 부른다.'(이하 꿈디) 한혜진 작가는 '사람만이 희망이라는 신념'으로 이 카페를 개설했다. 꿈디들에게 '엄마이기 때문에 할 수 있다'고 마음에 품고 있는 꿈을 이룰 수 있도록 동기부여를 해준다.

카페를 가입하기 전에는 내가 못 하는 것에만 초점을 맞추고 살았다. 그런 시각을 가지고 나 자신을 보니 '장애'가 항상 걸림돌이 되었다. 그 전제가 있다 보니 남들과 비교하기 바빴고 소극적인 자세로 살게 되었다. 한혜진 작가는 '못하는 것에 집중하지 말고, 잘하는 것에 집중하고 무엇보다 자기 자신이 제일 소중하다'고 강조했다. 그 말을 듣는 순간 '아! 나는 왜 그런 생각을 하지 못했을까?'라는 생각이 들면서 망치로 한 대 맞은 느낌이었다. 그 후 나는 많은 것이 바뀌었다. 내가 잘할 수 있는 것, 남보다 내 감정에 충실하게 되었다. 나를 바라보는 마음의 여유가 생긴 것이다.

이곳은 엄마들이 자기 이해를 바탕으로 성장과 계발을 할 수 있도록 고유한 '엄방'만의 다양한 콘텐츠로 운영되고 있다. 나는 2018년도부터 2019년까지 '1일 1글쓰기'에 참여했다. 제시된 글감에 맞춰 글을 쓰는 것이다. 그중 난처했던 주제가 있다. '당신의 장점 50가지를 써보세요'. 50가지는 생각만큼 쉽지 않았다. 우격다짐으로 쥐어 짜가며 써냈다. 다 적고 보니 공통으로 겹치는 단어가 '꾸준히', '노력하는 것'이었다. 그 꾸준함으로 책을 읽기 시작했고 카페 내 다양한 글쓰기 스터디에 참여해 활동하고 있다. 한 달에 1권도 겨우 읽던 내가 이제는 매월 10권씩 책을 읽게 되었고, 다양한 글쓰기 참여로 228편의 글을 썼다. 또 '엄마 작가' 코너에 지원해 일 년간 카페에서 연재를 하기도 했다. 한번은 내가 카페에 올린 서평을 보고 한혜진 작가님이 '내 이름으로 된 책이 나왔으면 좋겠다'는 댓글을 달았다. '필력은 오직 나의 이야기를 스스로 이야기할 때 완성되며 그런 면에서 자신을 충분히 믿어보라. 자기 자신에게 솔직한 글이 좋다'고 아낌없이 피드백도 해주었다. 내가 발견하지 못한 나의 재능을 알려준 것이다. 그날 새벽까지 나의 심장은 방망이질하듯 멈추지 않았다. 작가님의 말을 믿고 싶었다. 그 말에 용기를 얻어 3개월간 주말마다 차로 왕복 4시간 거리인 서울을 오가며 적극적으로 글쓰기 수업을 들었다.

내가 활동하는 스터디 중에 BWA 클럽이 있다. '읽고(BOOK), 쓰고(WRITE), 실천(ACTION)'하는 스터디다. 활동하는 과정을 지정된 노트에 자신의 필체로 느낀 점을 인증샷으로 올리는 미션이 있었다. 흔들리는 손으로 쓰는 나의 글씨는 지렁이가 기어 다니는 것처럼 꼬불꼬불한 악필이었다. 남들 앞에 보여주기가 민망할 정도였다. 내 글씨를 하나도 못 알아보겠다고 할까봐 걱정이 앞섰다. 악필 때문에 스터디를 포기하고 싶었지만 큰 용기를 내어 게시판에 글을 올렸다. 한혜진 작가님이 나의 필체를 보시고 '글씨를 못 알아보겠으니 워드로 제출하세요'가 아니라 '매력 있다'며 나의 글씨체가 나왔으면 좋겠다고 했다. 이제껏 살아오면서 나의 글씨를 다른 시각으로 봐준 사람은 처음이었다. 나의 결점을 극복하라고 강요하거나 회피하고자 하는 나를 그대로 받아들이는 법을 알려주었다. 그 뒤로 '짝사랑하는 오빠에게 연애편지 쓰는 것도 아니고, 모든 글씨가 예뻐야 한다는 기준이 없다'라고 생각하게 되었다. 한혜진 작가는 우리 꿈디들에게 자기를 수용하는 법과 생각을 전환시키는 안목을 길러 주었다.

꿈디들은 서로를 교재 삼아 배우고 실천한다. 이곳에서는 모두가 선생이고, 모두가 학생이다. 서로 격려하고 지지하는 마음으로 활동하고 있다. '공동체의 시간도 선행되어야 하겠지요? 창의적인 아이디어가 솟아났을 때 반응을 살펴볼 수도 있고 응원도 해줄 수 있는 온 오프라인의 친구들*'이라는 내용이 있다. '엄방'은 그런 곳이다. '엄마'라는 이름으로 공동체가 만들어졌다. 각자 꿈꾸며 지지자의 역할을 해준다. 이곳에서는 학벌, 지역, 출신을 묻지 않는다. 대신에 "당신의 꿈은 무엇인가요?"를 먼저 물어본다. "제가 이런 스터디를 개설하여 해보고자 하는데 같이 해볼래요?" "네 우리, 한번 같이 해봐요" 하며 반응을 해준다. 운동반에서는 꾸준하게 운동하고 그 결과 바디 프로필도 찍었다. 몇 개월에 걸쳐 한 권의 책을 읽고 나누는 슬로우리딩, 작심 독서일기, 소설을 비롯한 많은 장르의 글쓰기 스터디 등이 다양하게 운영되고 있다. 비난보다는 '괜찮다'고, '할 수 있다'고 서로 응원하고 성장하는 곳이다. 참으로 소중한 곳이 아닐 수 없다. 이 카페의 특이한 점은 꿈을 이뤄 나가는 꿈디들을 질투하기보다는 하나같이 자신

* 오서희, 《엄마의 20년》, 수오서재, 212쪽

의 일인 것처럼 기뻐한다. 그 속에서 엄마들은 가슴속에 담아두었던 자신의 꿈을 키워가고 성장하고 있다. 서로 간의 꿈을 이뤄가는 과정들을 지켜보고 나도 언젠가는 꿈을 이룰 수 있다고 믿는다. 그런 사람들이 곁에 있기에 실패를 두려워하지 않고 도전할 수 있는 원동력을 가졌다. 일상에서 나는 늘 '장애'를 마주 보며 살고 있다. 항상 불행하다고 생각했는데, '엄방'은 그것을 잊게 만들어 주었다. '장애'라는 것에 초점을 맞추기보다는 엄마이자 한 사람으로서 꿈을 지지해 주며, 학창 시절에는 학업을 위해 성장했다면, 나에게 있어 엄방은 내면을 성장하게 만들어 주는 곳이다.

12

처음으로 들은 말 "딸, 엄마가 미안해."

작년 7월에 '브런치에서 작가로 선정되었다'는 메일을 받았다. 나는 기쁜 마음에 엄마에게 카톡으로 링크를 걸어서 보냈다. 나는 단순하게 엄마에게 축하받고 싶었다. '당신의 딸이 글도 쓴다'는 것을 그저 알려주고 싶었다. 평상시 엄마는 카톡을 보내면 바로바로 연락이 오는 편이다. 그런데 그날은 숫자 1이 사라졌는데도 좀처럼 답은 오지 않았다. 나는 별생각 없이 '바쁘신가 보다'라고 생각했다.

그날 퇴근길에 엄마에게 전화가 왔다. 목소리가 잠겨 있었다. 나는 엄마에게 감기 걸렸냐고 물었다. 엄마는 울고 있었다. 그리고 나에게 사과했다. "장애를 가지고 태어나게 해서 미안하다"고. 엄마에게 처음 듣는 말이었다. 그때 나는 '아! 내가 글 쓰는 것이 가족에게는 상처나 아픔일 수 있겠구나'라고 깨달았다. 오늘은 엄마였지만 다음에 쓰는 글은 남편이거나 아이들이 될 수 있을 것이다. 나 스스로가 장애를 받아들이는 것으로 끝나는 것이 아닐 수도 있다는 것을 미처 생각하지 못했다.

'장애인으로 살아가는 것은 당사자인 내가 제일 아픈 일'이라고 생각했다. 그동안 엄마는 장애를 갖고 태어난 딸을 낳은 이유로 나와 함께, 아니 어쩌면 나보다 더 아팠을지 모른다. 그런데 이제 엄마에게 말하고 싶다. 나는 행복하게 살고 있으니 그만 아파했으면 좋겠다고 말이다.

내가 여섯 살 때의 일이었다. 유치원에 늦을까 봐 엄마는 내 스웨터에 달린 단추를 채워주고 있었다. 그 모습을 보고 있던 아빠는 "언제까지 아기처럼 다 해줄 거냐"며 버럭 소리를 질렀다. 엄마는 아빠에게 아무런 말 없이 고개만 떨구었다. 여섯 살이 되도록 단추 하나 야무지게 채우지 못하는 딸에게 아빠는 화가 난 모양이었다. 두 분이 나를 바라보는 감정은 똑같았다. 단지 사랑의 표현 방식이 달랐을 뿐이다. 아빠는 내가 저러다가 독립하지 못하고 남에게 의존할까 걱정되었고, 엄마는 부족한 딸을 좀 더 품어주고 싶은 마음이었을 것이다. 두 분 모두 사랑이었다.

아이들을 낳고 키우다 보니 엄마의 마음이 느껴졌다. 아이들이 갑자기 열이 나거나 조금만 다쳐도 대개 엄마들은 자신이 잘

못해서 아픈 것 같아 죄인이 된다. 차라리 내가 아팠으면 하는 마음이 든다. 그 마음은 아이가 다 나으면 곧 사라진다. 친정엄마는 그 미안함을 사십 평생 돌덩이처럼 가슴에 안고 살아 왔다. 나는 아픈 사람이 아니다. 단지 불편할 뿐이다. 그 불편함도 다양한 방식으로 해결하고 있다. 이제는 엄마가 그 무거운 마음의 짐을 내려놓으면 좋겠다.

산책하다 보면 눈길을 뺏을 정도로 예쁜 꽃들이 피어 있다. 사람들은 그 꽃을 자세히 보기 위해 잠시 발걸음을 멈추기도 한다. 반면에 들꽃들은 스쳐 지나가는 사람들이 많다. 하지만 들꽃은 자신도 봐달라고 투정 부리지 않는다. 그냥 그 자리에서 자신만의 꽃을 피운다. 예쁜 꽃은 자신이 더 잘났다고 뽐내지 않는다. 들꽃 역시 예쁜 꽃과 자신을 비교하며 주눅 들지 않는다. 꽃들은 서로 있는 그대로를 인정한다. 각자의 자리에서 어울려 살아간다. 사람마다 행복의 기준이 다르다. 또 '장애인'이라고 해서 인생이 늘 불행한 것은 아니다. 장애 여부를 떠나 자신을 사랑하는가, 그렇지 않은가에 따라 삶이 행복할 수도 불행할 수도 있다.

13

식판은 나의 정체성이었다

EBS 메디컬 다큐 7요일에 의사의 오진으로 자신이 '뇌병변장애'인 줄 알고 살다가 '세가와병'인 것을 알게 된 사람의 사연이 소개되었다. 걷지 못했던 사람이 걸을 수 있게 된 그분의 심정은 어땠을까? 그 사연을 접한 나도 혹시나 하는 마음에 며칠간 입원해서 정밀검사를 다시 받아 보았다. 검사 결과를 기다리는 동안 비장애인이 된 내 모습을 상상해 보기도 했다. 그러나 나에게 기적은 일어나지 않았다. 기대한 건 아니지만 하늘이 원망스러웠다. 검사하면서 장애가 말끔히 고쳐지기를 바란 것도 아니었다. 딱 하나, 내 식판을 직접 들을 수 있을 정도로 손 떨림이 약해지기만을 바랐다.

직장에서 한 선생님께서 식사 시간마다 '나의 식판을 들어다 주는 것이 귀찮은 일'이라고 말한 적이 있다. 그 말을 들으면서 나는 '무슨 말을 해야 하나?' '장애인이라서 미안하다고 해야 하나?'라며 여러 가지 생각이 들었다. 마음으로는 '앞으로 내가 식판을 들 수 있도록 노력하겠다'고 말하고 싶었다. '장애' 자체가 미안한 일이 아닌 것은 분명하다. 내가 식판을 들 수 있는 기적은 현재로서는 불가능한 일이다. 그 누구보다 나는 스스로 내 식판을 들고 싶다. 그렇게 되면 더 먹고 싶어도 들어주는 선생님에게 미안한 마음에 먹지 못한 것을 참지 않고 마음껏 먹을 수가 있다. 굳이 그 선생님에게 사과해야 한다면 '나의 식판을 들어주는 것에 대하여 귀찮아하는 것'을 눈치채지 못하고 계속해서 부탁한 것에 대해 사과해야 할 것이다. 또 다른 선생님은 "식판 드는 거 연습해봐, 국물이 적으면 들 수 있지 않을까?"라고 말했다. 맛있는 국이 나와서 더 먹고 싶어도 적게 받아야 하는 것에 대해 서글픔이 밀려왔다. '장애'는 병이 아니기 때문에 고칠 수가 없다. 연습하면 '짠'하고 불가능한 일이 가능한 일이 되는 것도 아니다. 그것은 마치 걷지 못하는 장애인에게 뛰는 연습을 해보라는 말과 같다.

매번 식판을 들어달라고 부탁하는 일은 어느 누구보다 내가 제일 하기 싫은 일이다. 불편하고 미안하기 때문이다. 원에서 하루에 한두 번은 밥을 먹는다. 식판을 볼 때마다 내가 장애인이라는 사실을 마주하게 된다. 그 말을 들은 후 식판을 받을 때마다 '나는 귀찮은 존재'라는 것과 '저 선생님도 식판을 들어주는 것이 귀찮다고 생각하면 어떡하지?'라는 생각이 매 순간 상기된다. 그러나 나의 식판을 들어주는 것이 귀찮다고 느끼는 것은 선생님의 감정이다. 내 노력으로 해결할 수 있는 문제가 아니다. 때로는 시설에 있는 장애인이 식판을 들어주겠다고 할 때도 있다. 그들에게 도움을 줘야 하는 사람이 오히려 도움을 받는 것도 불편하기는 마찬가지다.

그 말을 들은 후 '귀찮다'고 말한 선생님에게는 더 이상 '식판을 들어달라고' 부탁하지 않는다. 장애인이라는 건 도움을 어쩔 수 없이 받아야 하는 존재지만, 상처를 되새기면서까지 도움을 요청하고 싶지는 않다. 식판을 들어주는 것이 귀찮다고 자기 의사를 밝힌 선생님의 마음을 알게 되어 다행이고, 귀찮은 일임에도 불구하고 나의 식판을 들어주는 선생님들의 호의에 대해 감사한 마음을 전하고 싶다.

이런 일을 겪은 후 시설장애인들이 도움을 요청했을 때 '귀찮다'는 내색을 한 적은 없는지 내 모습을 뒤돌아보게 되었다. 무심결에 나의 본심이 튀어나와 장애인들이 눈치를 보거나 위축되게 만든 건 아닌지 곰곰이 생각해보는 계기가 되었다.

14

내 인생을 주체적으로 살게 된 두 가지

장애인으로 살면서 피해의식이 없거나 극복한 사람은 몇 명이나 있을까? 나 역시 마흔이 되기 전까지는 그야말로 피해의식 덩어리였다. 다른 이들은 장애가 없는데 나만 장애인으로 살아간다는 사실이 억울하기도 했다. 다른 사람들 역시 '장애'는 아니지만, 자신만이 가지고 있는 콤플렉스로 예민하게 반응하고 반복적으로 아픈 부분이 있다는 것을 예전에는 몰랐다.

대학을 다니던 시절, 우리 학교에는 장애인과 비장애인이 함께 만든 '동그라미'라는 장애인 동아리가 있었다. 그 동아리에서 활동하는 병재(가명) 오빠가 있었다. 그 오빠는 시각장애인이었지만, 늘 당당하고 적극적이었다. 과 대표로도 활동했고 연애도 이름 날릴 정도로 했다. 그 오빠는 졸업 후 울산에 있는 장애인 복지관에 취업했다. 청소년 파트를 담당하는 오빠는 복지관을 이용하는 청소년들 사이에서도 인기가 많다는 이야기를 전해 들었다. 나는 남들의 이목이 두려워 숨기 바빴는데 그 오빠는 늘 사람들 앞에서 있었다. 오빠는 나처럼 장애인이었는데 무엇이 병재 오빠를 당당하게 만들었는지, 그 차이점이 무엇인지 궁금했다.

예전에 나는 매사에 삐뚤어진 시선을 가지고 있었다. 남들이 나에게 조금만 서운하게 하면 '장애가 있어서 나를 무시한다'고 생각했다. 혹은 반대로 사람들이 잘해주면 '내가 장애가 있으니 동정하는 거야'라고 생각했다. 그 모든 원인이 나의 '장애' 때문이라고 생각했다. 사람들은 전혀 그런 의도가 아니었지만, 지레짐작으로 나는 그렇게 결론을 지었다. 마흔이 되기 전까지 나는 피해의식 덩어리로 내 안에 나를 가두었다. 그 결과 나와 상대방 모두가 힘들었고 인간관계도 그리 넓지 못했다.

'극복'은 대체 무엇일까? 자신의 나약함을 마주할 때 '이제는 아무렇지 않아요'가 극복한 것이 아니라고 생각한다. 나의 나약함과 부족함을 있는 그대로 받아들이는 일이 '극복'이라는 생각이 든다. 나의 장애를 받아들일 수 있었던 것은 글쓰기와 독서였다. 글쓰기를 통해 나의 응어리를 쏟아냈고, 독서를 통해 나를 위로하고 내 마음을 단단하게 다졌다. 이 두 가지를 통해 나의 내면을 들여다보게 되었고 치유하게 되었다. 그 결과 나는 사람들의 시선에서 벗어나 자유를 얻었고 주체적으로 내 삶을 살게 되었다. 또 지금 와서 뒤돌아보면 사람들이 나를 무시하고 동정하는 것은 그리 중요하지 않았다. 나 스스로가 나를 어떻게 생각하는지가 중요하고, 나를 아끼는 것이 더 중요하다는 것을 이제는 안다.

지금까지 나의 장애를 숨기고 살기 바빴다면 앞으로는 사람들이 나의 장애에 관해 물어보면 '맞아요. 저 장애가 있어요' 하고 당당히 말하고 싶다. 앞으로 살아갈 날들은 20년 전 병재 오빠처럼 당당하고 멋지게 살고 싶다.

PART

2

저는 몸이 조금 불편한 엄마입니다

01

우리 그냥 썸만 탑시다!

입사 후 나는 직장 동료를 따라 교회에 다니게 되었다. 그곳에서 남편과 처음 만났다. 그 사람은 제대가 얼마 남지 않은 군인이었다. 나에게 있어서 그는 인근 부대에서 예배드리러 오는 군인들 중 한 명이었다. 남편은 그 당시 새하얀 치마를 입고 온 내 모습이 예뻤다고 했다.

그 몇 달 뒤 여느 날처럼 출근했는데 그가 긴장된 얼굴로 사무실에 앉아 있었다. 나는 반가운 마음에 "아, 여긴 웬일이세요?" 하고 물었다. 남편은 "면접 보러 왔어요"라고 덤덤하게 대답했다. 나는 농담으로 "합격하면 축하 기념으로 밥이나 먹어요!"라고 말했다. 며칠 후 남편은 우리 시설에 입사하게 되었다.

내가 근무하는 시설은 기숙사에서 생활하는 직원들이 많았다. 그 당시 기숙사 멤버들이 모두 다 미혼들이어서 잘 어울렸다.

영화를 보려면 한 시간을 시내로 나가야 하는 시골이라 도시처럼 문화생활을 누릴 수는 없었지만 우리들은 산책을 가거나 강으로 들로 다니며 고기 파티도 하고 물놀이도 하며 재미있게 지냈다. 주말이 되면 기숙사에 사는 직원들은 썰물처럼 각자의 집으로 빠져나갔다. 지금의 남편과 나, 그리고 나의 룸메이트인 영양사만 기숙사에 덩그러니 남는 적이 많았다. 우리 셋은 나이도 비슷하고 셋 다 같은 경상도 출신이라 동지애를 느끼며 잘 어울렸다. 어느 날, 남편에게 "저녁에 삼겹살 먹으러 갈래요?" 하며 뜬금없이 문자가 왔다. 그날 남편은 자기 나름대로 나에게 데이트를 신청하였다. 나는 약속 장소에 룸메이트와 함께 나갔다. 나중에 남편은 혼자 나오지 않아서 당황스러웠다고 내게 말했다. 속으로 '저렇게 눈치 없는 여자는 처음 봤다'고 생각했다고 한다. 개그맨 김준현의 덩치를 닮은 그는 산책과는 거리가 먼 사람이었다. 그런 남자가 꼬박꼬박 산책을 따라 나오는 것을 보고 내가 모를 리가 있겠는가? 눈치가 없는 게 아니라 내 나름의 거리를 둔 것이었다. 장애를 가지고 있는 내가 지금의 남편에게 다른 마음을 가진다는 게 이기적인 것 같기도 하고 욕심 같아 보였다. '그냥 썸 타는 기분만 즐겨보자!'라는 마음이었다.

그러던 어느 날 남편이 나에게 고백했다. 그 말을 들었을 때 첫 느낌은 '날?', '왜?'라는 생각이 들면서 장난처럼 느껴졌다. 고

백을 받아도 마냥 기쁘지만은 않았다. 설레는 감정보다는 의심이 먼저 들었다. 나에 대한 감정이 좋아하는 것이 아니라 호기심이나 동정심을 착각하는 것이 아닐까란 생각이 앞섰다. 흔히 남녀가 연애하다 보면 헤어지기도 한다. 나의 장애로 인해 씹다가 버리는 껌처럼 버림받을 것 같은 두려움에 시작할 용기가 나지 않았다. 상처받기 싫었던 나는 남편에게 "연애만 하다 헤어지는 것은 싫다"며 거절했다. 하지만 남편은 왜 앞서 나가냐며 "만나다가 좋으면 결혼도 하지 않겠냐"며 나를 설득했다. '결혼'이라는 말을 꺼내는 그에게서 진중함이 느껴졌다. 나도 결혼에 대한 로망은 있었다. 다만 그것은 내게 현실에서는 이룰 수 없는 꿈같은 일이었다.

평소에 나는 '내가 결혼에 대해 욕심내는 것은 이기적인 것'이라고 생각했다. '나와 결혼하는 남자는 고생문이 열린 것이며 나 같은 며느리를 들이는 시댁은 뭔 죄가 있을까?'라는 생각과 연애하더라도 시댁에서 반대하면 끝이라는 부정적인 생각으로 가득 차 있었다. 남편의 고백을 받은 후 굳건했던 마음이 조금씩 무너졌다. '이 남자, 내가 욕심내도 되지 않을까?'라는 생각이 내 안에서 꿈틀대기 시작한 것이다. '저 남자는 시설에서 근무하는 사회복지사로 장애인들과 늘 소통하는 사람이니 장애인에 대한 편견이 없을 것 같다'는 생각이 들었다. 적어도 나를 심심풀이로 만날 것 같지는 않았다. 결국, 나는 머리와 다르게 마음이 움직이기 시작했다. 불안한 마음으로 이 남자와 연애를 시작했다.

02

이러다가 노처녀로 늙어 죽겠네!

지금의 남편과 연애 5년 차가 되던 해였다. 나는 나이만 점점 먹어가고 결혼도 못 하고 노처녀로 늙어 죽을 것 같았다. 조바심이 나는 나와는 달리 남편은 세상 천하태평했다. 나랑 결혼할 생각은 있는 건지, 부모님께 나에 대해 말은 한 건지 그의 생각을 도통 알 수가 없었다. 그를 믿었지만 결혼 이야기를 꺼내지 않는 그가 답답하기도 했다.

그 무렵 친구들은 하나둘 결혼하기 시작했고, SNS에 아기 사진들이 올라오는 것을 보면 한없이 부럽기도 했다. 그렇다고 먼저 결혼 이야기를 꺼내는 것은 욕심이라는 생각이 들어 쉽지 않았다. 그렇게 시간만 세월아 네월아 흘러가고 있었다.

어느 날 남편과 함께 대형 마트에 가게 되었다. 그릇 코너를 지나가면서 남편이 "나중에 결혼하면 이런 그릇에 밥 먹어도 좋겠다"라고 말했다. 그 말을 듣는 순간 욱하며 나도 모르게 마음속에 꾹꾹 눌러 담아놓았던 말이 툭 입 밖으로 나와 버렸다. "나랑 결혼할 생각은 있어?"라고 물은 것이다. 남편은 아무렇지 않게 "당연하지"라고 대답했다. 그 말을 들은 나는 되물었다. "그럼 왜? 한 번도 결혼에 관해 진지하게 이야기도 안 하고 부모님께 인사 가자는 말을 안 하는 거야?" 남편은 태평한 얼굴로 "우리가 결혼할 나이가 되었나? 아직 이른 것 아니야?"라고 말했다. 남편은 진심으로 한 말이었다. 그런데 그때 나는 그 말이 결혼을 회피하는 말로 들렸다. 나무꾼이 선녀가 도망갈까봐 옷을 숨겨 놓은 것처럼 남편을 잡고 싶은 심정이었다. 분위기가 심상치 않자 남편은 시간을 조금만 달라고 했다. 그 의미가 헤어지자고 말하는 것처럼 들려서 후회가 되었다. 나중에 안 사실이었지만 남편은 시부모님에게 사전에 허락을 맡기 위한 시간이 필요했던 것이다.

처음 시댁으로 인사 가기 전날 밤 별의별 생각이 다 들었다. 드라마에 나오는 것처럼 '물컵이 날라 오고, 돈 봉투를 내밀면 어떡하지?', '나 때문에 부모 자식 간에 생이별하면 안 되니까 헤어져야겠지' 하며 나의 괴팍한 상상력이 부풀어 올랐다.

시댁이 있는 아파트를 5층까지 올라가는 그 시간이 에베레스트를 등반하는 것처럼 숨이 턱턱 막히고 다리가 후들후들 떨렸다. 현관문을 열자 시어머님께서 평온한 얼굴로 맞이해 주었다. 드라마에서 본 장면처럼 얼굴에 물을 뿌리고, 돈다발을 건네는 일들은 없었다. (그건 부잣집에서만 있는 풍경인가 보다.) 나의 부자연스러운 몸짓을 숨기고 싶어서 점심시간이 조금 지난 시간에 방문했다. 시어머님의 '점심은 먹었나?'라는 질문에 눈치 없는 남편은 안 먹었다고 대답했다. 어머님은 바로 우리를 위한 밥상을 차렸다. 내 앞에 놓인 밥은 고봉밥 수준이었다. 그것을 본 순간 '아! 적어도 나를 내치진 않겠구나!'라는 생각에 안도감이 들었다. 난 그 많은 밥을 꾸역꾸역 다 먹었다. 비록 장애는 있지만, 밥만큼은 잘 먹는 사람으로 보이고 싶었다. 밥을 먹는 동안 밥을 먹는 건지, 눈물을 삼키는 건지 분간이 잘 안 되었다.

식사를 마친 후 안방에서 아버님과 이런저런 이야기를 나누었다. 대화의 주된 내용은 '장애'가 아닌 나의 직장생활과 가족에 관한 이야기들이었다. 대화하는 내내 시부모님은 나의 장점을 찾아 칭찬해주었다. 아버님은 "신체적인 장애보다 마음의 장애가 무서운 것이며 살림은 꼭 여자만 하라는 법이 없다면서 민우(남편)가 하면 된다"고 따뜻하게 말해주었다. 그 말을 들을 때는 주책없이 눈물이 흘러서 참느라 혼이 났다. 나중에 알고 보니 남편이 사전에 허락을 맡고 나를 데리고 간 것이었다. 아이를 낳아 보니 어머님의 마음이 느껴졌다. 애지중지 곱게 키운 내 자식이 장애인과 결혼한다고 했을 때 얼마나 가슴이 무너졌을지 짐작이 되었다. 시부모님께 죄송한 마음이다. 시집와서도 시부모님은 내 장애에 대해 불편한 말들은 일절 하지 않는 고마운 분들이다.

내가 지금의 남편과 결혼할 수 있었던 것은 두 가지 이유에서다. 시부모님께서는 '본인 인생은 스스로가 책임질 수 있으면 된다'라는 생각을 가지고, 자식들이 살아가는 데 있어서 크게 간섭하지 않는 스타일이다. 남편 또한 자존감이 높은 사람이다. 그래서 그 누구의 어떤 말에도 동요하는 스타일이 아니다. 자신의 아내가 장애가 있다고 남들이 수군거려도 개의치 않는 사람이다. 이 두 조합이 잘 맞아떨어져서 결혼할 수 있었던 것 같다. 그렇게 나는 시부모님의 반대 없이 결혼에 성공했다.

03

우리 부부는 잘 살고 있습니다

2001년도에 〈인간극장〉에서 비장애인 남자와 뇌병변 1급 장애인 여자의 결혼생활 이야기가 방영되었다. 그 당시 나는 TV를 보면서 '장애인도 비장애인과 결혼할 수 있구나'라는 생각을 처음으로 한 것 같다. 어릴 적 고모가 엄마에게 '순심이는 장애가 있으니 장애인 남자나 재취 자리가 나는 곳으로 시집보내라'고 말하는 것을 수없이 들었다. 그 말에 엄마는 발끈했지만 나는 그게 나의 운명으로 생각했다. 그런데 인간극장을 보고 욕심이 생겼다. 비장애인과 결혼하고 싶었다. 그 당시 친구들에게 "아! 나도 저렇게 살림 잘하는 남자, 육아도 척척 잘하는 남자를 만나고 싶다"라고 말한 적이 있다. 친구는 나에게 "행운을 빈다"고 말했다. 지금의 남편을 만났으니 친구의 말대로 행운이 찾아온 것이다.

우리가 결혼할 당시 사람들은 나에게 '밥은 할 수 있을까?',

'아이를 낳아서 제대로 키울 수 있을까?' 등의 무례한 질문들을 했다. 그 질문 속에는 '장애인인데 제대로 하는 게 있겠나?'라는 편견이 숨어 있었다. 나도 처음 결혼하는 거라 잘 할 수 있을지 의문이 든 건 사실이었다. '장애' 여부를 떠나 처음 하는 결혼은 누구나 서툴다. 물론 결혼생활을 하는 데 있어서 '장애'로 인해 다른 사람보다 제약되는 부분들이 더 많은 건 사실이다. 그런 부분들은 다른 방식으로 해결해 나갔고, '장애'가 있다고 해서 모든 일을 못 하는 것은 아니다.

결혼식을 마치고 고모가 나에게 조심스레 물었다. "심이, 너 임신했지?" 나는 "아니요"라고 대답했다. 그 말이 상당히 불쾌하고 모욕적이었다. 질문 뒤에 깔린 의미는 사랑해서 결혼하기보다는 '장애'가 있어도 책임질 일이 생겨 어쩔 수 없이 결혼하는 것으로 단정 지은 것이다. 남도 아닌 고모가 어떻게 저런 말을 할까 싶었다. 우리는 사랑해서 결혼했지만, 고모는 그 사실을 인정하지 않았다.

사람들은 장애인이 사랑해서 결혼하는 것에 대해 색안경을 끼고 본다. 주체적으로 바라보지 않는 이유가 무엇일까? 장애인을 하나의 인격체로 보지 않거나 부족한 존재로 생각하기 때문이다. 비장애인도 행복한 결혼생활을 꿈꾸듯이 장애인도 마찬가지다. 문소리, 설경구가 주연한 〈오아시스〉라는 영화가 있다. 그 영화에서는 뇌병변 장애인인 한공주(문소리)와 모든 사람이 싫어하는 홍종두(설경구)가 서로 사랑하는 연인으로 나온다. 이 둘은 사랑하지만, 주변 사람들은 남자 주인공은 장애인을 이용한 자나 강간범으로 만들고 여자 주인공은 성추행 피해자나 이용당하는 자로 만들었다. 사람들은 그들의 의사와 상관없이 둘을 떼어놓으려고 한다. 한공주(문소리)가 홍종두(설경구)를 사랑한다고 몸부림치며 말하지만 사람들은 인정하지 않는다. 이 장면이 영화가 말하고자 하는 핵심 장면이다. 세상이 장애인의 사랑을 바라보는 시선이다.

사람들은 남편에게 '손해 보는 결혼'이라고 다시 생각해보라고 말렸다. 그 말이 맞는 것 같아 뜨끔하기도 했다. 그 말을 들은 남편이 생각을 바꿀까 봐 두렵기도 했다. 세상의 모든 배우자가 완벽할 수 없다. 부족한 가운데 서로 맞춰 가는 것이 '부부'라고 생각한다. 그런 마음가짐이 결혼생활을 유지시켜 준다. 자신이 할 수 있는 부분은 최선을 다하고 배우자의 모습 자체를 인정하는 것이 더 중요한 것 같다. 이렇게 생각하기까지 많은 시간이 걸렸다. 나는 남편에게 늘 부족한 아내라고 생각했다. 그 마음으로 살다 보니 자신감이 없었다. 남편이 가끔 내가 해놓은 집안일에 대해 장난스럽게 던진 농담도 심각하게 받아들였다. 나 자신이 한없이 초라했다. 남편에게 완벽한 아내이길 원했다. 그 마음이 나를 힘들게 했다. 남편은 나와 달리 나의 부족함을 있는 그대로 인정해주었다. 나만 그것을 받아들이지 못했다. 부족한 부분을 내보이면 그제야 가지고 있는 장점이 보인다. 그러한 생각으로 결혼생활을 하다 보면 부부관계에서 나는 더는 기우는 위치에 있지 않는다.

주변 사람들의 우려와는 달리 우리는 부부만의 소확행을 즐기며 잘살고 있다. 사람들에게 말하고 싶다. 우리 부부가 선택한 삶을 책임지며 살고 있으니 걱정하지 않아도 된다고.

04

여자만 밥하라는 법 있나요?

취직하기 전에는 30년 넘게 엄마가 해주는 밥만 먹었다. 취업 후에는 회사 식당에서 삼시세끼를 해결했다. 결혼하고 보니 밥이 수학문제를 푸는 것처럼 어려웠다.

처음에는 네이버에 나오는 레시피를 따라 요리했다. 된장국을 끓여서 밥상을 차리는 데 1시간이 걸렸다. 간단한 상차림에도 설거지를 해야 하는 그릇들은 싱크대에 한가득이었다. 할 수 있는 요리는 한정적이었다. 몇 가지 요리로 돌려막기 하거나 배달 음식으로 버텼다. '시집가면 다 한다'는 어른들의 말씀은 거짓말이었다.

한번은 남편이 부대찌개가 먹고 싶다고 했다. 인터넷으로 사전 조사를 마친 후 비장한 각오로 부대찌개를 끓였다. 찌개가 끓기 시작해 냄비 뚜껑을 연 순간 뜨악했다. 부대찌개에 넣은 사리가 우동 면발보다 굵어져 있었다. 그 광경을 본 남편은 남의 속도 모르고 크게 웃었다. "비주얼은 그래도 맛있다"고 남편은 말했다. 라면은 맨 마지막에 넣어야 하는 걸 모르고 처음부터 넣었으니 팅팅 불어 터질 수밖에 없었다.

《또 이따위 레시피라니》*를 쓴 작가 줄리언 반스가 '레시피란 모두 근사치'라는 말을 했다. 요린이 수준인 나는 근사치에 맞춰 요리하는 건 어려웠다. 상세한 설명이 필요했다. 결국 레시피는 어느 정도 음식을 할 수 있는 사람이 봐야 한다. '요리의 요'자도 모르는 사람에게 '갖은양념을 넣으세요'에서 '갖은양념'은 어떤 것을 말하는 건지, '육수를 이용하세요'의 육수가 멸치, 다시마, 건새우인지는 알 길이 없다. 마치 낯선 외국어를 읽는 느낌이었다.

사리에 충격받은 나를 보더니, 남편은 "요리는 내가 하고 나머지 청소, 빨래는 자기가 하는 것이 어떻겠어?"라고 제안했다. 그 제안에 동의했지만, 마음 한켠으로는 찜찜함이 남았다. 결혼 초에는 '가사 노동'이 여자의 몫이라고 생각했다. 남편은 본인이 가사일을 하는 것에 대해 한 번도 이의제기하거나 불만을 표출한 적이 없었다. 그런데도 나는 아내로서 제 역할을 못 하는 것 같아 위축되었다. 페미니즘에 대해 이해하는 스터디에 참여하게 되면서 알게 되었다. '가사노동'은 부부가 함께하는 일임을. 우리 부부

* 줄리언 반스, 《또 이따위 레시피라니》, 다산책방, 136쪽

가 해결 못 하는 가사일은 아웃소싱으로 해결하면 되었다. 서비스 업체의 도움을 받으면서도 내 일인데 그것을 돈으로 해결하고, 쓸데 없는 데 돈을 쓰는 것 같아 마음에 걸리기도 했다. 그럴 때마다 나는 '내가 이런 곳에 돈 쓰려고 돈 버는 거야'라며 최면을 걸었다. 그러고 나면 훨씬 마음이 가벼워졌다. 어릴 적 엄마는 가족들의 속옷까지 다림질했다. 거기에 비하면 나는 집안일을 반의반도 안 한다. 엄마의 모습과 내 모습이 비교되었고 마치 나는 날라리 주부 같았다.

신혼 초에는 나의 사고방식이 가부장적이었다. 오히려 남편이 더 개방적이다. 남편은 자라면서 시부모님이 가사를 분담하는 모습을 보고 자랐다. 그래서 요리하는 것에 대해 큰 거부반응이 없었다. 그때와 지금의 내 생각은 많이 달라졌다. 여자라고 해서 요리를 무조건 잘해야 하는 건 아니다. 둘 중 잘하는 사람이 하면 된다. 더는 내가 요리 못하는 것에 죄책감을 느끼지 않기로 했다. 오히려 남편이 요리를 주로 하고 나머지는 내가 하는 식으로 가사분담은 잘 이루어지고 있다. 요리에서 해방시켜 준 남편은 나에게 은인이다.

예전에 나는 남편에게 "나 말고 비장애인과 결혼했다면 당신이 더 편하게 살지 않았을까?"라고 물어본 적이 있다. 남편은 "결혼을 나 편하게 하자고 하는 것이라면 가사 도우미를 쓰지, 굳이 결혼까지 할 필요가 없다"고 말했다. 그리고 자신은 '편함이 아니라 행복을 위한 선택'이었다고 말했다. 그 당시에는 아주 잠깐이었지만 남편이 아~주 잘생긴 '조인성' 같이 멋있어 보였다.

05

장애인 아내를 둔 남편의 무게

작년 5월 말부터 남편과 나는 번갈아 가며 병원 검사를 받고 있다. 나이 든 분들이 '마흔이 되면 몸이 다르다는 것이 무엇인지 알게 될 것'이라고 말했다. 올해 그 말이 무슨 의미인지 몸소 체험하고 있다. 남편은 당뇨로 인해 눈에 문제가 생겼다. 눈 안에 주름이 생긴 것이다. 그 때문에 사물이 평편하게 보이지 않고 굴절되어 보인다. 그 주름을 펴기 위해 정기적으로 병원에 다니고 있다. 산동제를 넣으면 눈이 부셔서 몇 시간 동안 운전을 할 수가 없다. 나의 운전 실력은 집 근처만 다닐 수 있을 정도였다. 시내를 운전할 실력은 아니었다. 시술 후 우리 부부는 7~8시간은 오고 가지도 못하고 춘천에 있어야 한다.

남편에게 찾아온 병으로 겁이 덜컥 났다. 다른 부부들과 다르게 남편은 그동안 혼자서 많은 것들을 하고 있었다. 이제는 내가 해야만 하는 것들이 많아질 것이라는 사실에 마음이 불안했다. 그 마음이 나에게만 있었던 것은 아니었다. 내색은 안 했지만, 심적 부담이 남편에게도 있었던 것 같다. 무덤덤하고 곰 같은 남편은 검사 결과를 들은 후 스트레스가 심했는지 그날 밤에 구토를 했다. 토사물이 온통 까맸다. 구급차에 실려 가는 1시간 내내 나는 '남편이 무사하게만 해 달라'고 주문을 외우듯이 기도했다.

건강에 자부심을 가지고 있던 남편이 태어나서 처음으로 입원하였다. 남편이 아프지만 내가 해줄 수 있는 것은 아무것도 없었다. 남들이 다하는 그 쉬운 운전조차 대신 할 수가 없었다. 내 존재가 마치 진열장에 놓인 장식품 같았다. 비장애인은 아무렇지 않게 일상생활을 하지만 나는 매번 남편의 도움을 받아야 한다. 그러나 남편은 한 번도 짜증을 낸 적이 없었다. 한결같이 묵묵히 나를 도와준 남편이었지만, 때로는 귀찮거나 다른 아내들은 척척 해내는 것이 부럽지는 않았을까? 부탁하는 내 입장에서는 괜한 눈치가 보인다. 아이를 키우는 과정에서도 양치질, 목욕 등은 남편이 전반적으로 책임졌다. 모든 육아를 전담하듯이 하는 남편을 보면서 아이들이 뻥튀기처럼 자랐으면 좋겠다는 생각을 한 적도 있다. 이제는 아이들이 커서 본인들이 할 수 있는 것들도 생기고 내가 할 수 있는 부분들이 늘어났다. 이제야 그동안 쌓인 부채를 조금이나마 갚는 심정이다. 사람들이 우리가 결혼할 당시 남편에게 장애를 가진 여자와 결혼하는 것을 다시 생각해보라고 한 적이 있다. 그 당시에는 '자기들이 뭔데, 상관이야?'라고 생각했다. 이제는 그 말을 한 사람들이 이해가 되었다. 불현듯 생활 영역에서 할 수 있는 것이 제한된 장애인 아내를 대신해 책임져온 남편의 무게가 얼마나 무거웠을지 짐작해보다가 마음이 시큰거렸다.

남편은 운동과는 담쌓고 살아온 사람이었다. 과체중으로 당뇨가 왔기 때문에 퇴원을 하고 체중 관리에 들어갔다. 일주일에 4번은 라면을 먹었고, 음료수나 간식을 달고 살던 사람이었다. 그런 사람이 식단을 관리하고 밥양을 줄였다. 남편은 매일 저녁에 운동을 하기 시작했다. 6개월이 지난 지금도 여전히 그 습관들을 유지하고 있다. 그 결과 30킬로그램의 체중감량을 했다. 매주 두 번 가던 병원도 이제는 한 달에 한 번씩 가게 되었다. 체중감량을 한 만큼 남편이 심적으로 가지고 있는 책임감의 무게가 줄었으면 좋겠다.

그렇게 가장으로 책임을 다하고자 건강을 되찾으려고 꾸준히 관리하는 남편을 보면 대견함과 안쓰러움이 느껴진다. 남편이 다른 것은 걱정 안 하고 자신의 아픈 몸만 신경 쓰지 못하는 상황이 미안할 따름이다. 걱정 안 끼치게 무엇이든 척척 해내는 아내가 되고 싶다. 남편이 늘 자상하고 언제까지나 내 곁에 머무른다는 보장은 없다. 5월 말부터 시작된 병원 투어로 많은 생각을 하게 되었다. 늙어가고 있다는 것, 아플 수 있다는 것을 받아들여야 하는 나이가 되었다. 지금 내가 할 수 있는 것들의 범위를 넓혀 나가야 한다. 운전할 수 있는 거리도 넓혀 나가야 하며 내가 남편에게 조금이라도 짐이 덜되도록 건강해야만 했다. 운동을 해야겠다는 생각도 하게 되었다. 내가 건강하고 남편 도움 없이 생활해야만 남편의 어깨의 짐이 조금이라도 가벼워질 것이다.

퇴근길에 남편에게 "여보야, 내가 당신보다 일찍 죽어야 마음이 편하겠지? 내가 먼저 죽으면 1년은 다른 여자에게 눈 돌리지 말고 나를 그리워해 주면 좋겠다"고 말했다. 남편은 쿨하게 "장례가 왜 삼일장일까? 애도의 기간은 3일이면 충분하다"면서 씩 웃는다. 나는 "삼일이라도 애도해줘서 감사하다"며 실눈을 뜨고 흘겼다. 나는 남편 얼굴을 보며, 건강하게 오래 살자고 말했다.

06

'엄마'라는 이름을 갖고 싶었다

우리는 2010년에 결혼을 했다. 피임은 하지 않았지만 5년 동안 아이는 생기지 않았다. 장애 때문에 나에게 아이가 오지 않는다고 생각했다. 장애인이라 아이를 갖는 건 욕심 같아 보이기도 했다. 남편은 아이가 생기고 안 생기는 것은 하나님의 뜻이라고 했다. 남편은 인공수정을 하면서까지 아이 갖기를 원하지 않았다. 임신으로 스트레스받을 나를 위한 배려였음을 알고 있었다. 나는 아이를 간절히 원했다. 끈질긴 설득으로 인공수정을 하기로 결정했다. 임신으로 힘들어 하는 나에게 한 친구가 한의원을 소개해주었다. 그전에도 여러 군데 한의원을 찾았지만 효과가 없었다. 그전까지의 한의원에서는 약만 처방해 주었다. 마지막으로 간 그곳은 가릴 음식, 혈 자리 누르기 등 약보다는 체질 개선에 집중했다. 찬 내 몸을 따뜻하게 만드는 것이 급선무였다. 찬 음식을 피하고 따뜻한 성질의 음식만 먹도록 권유했다. 내가 즐겨 먹던 음식들 대부분은 몸을 차게 하는 음식들이었다. 나의 소울푸드인 삼겹살을 끊는 것이 가장 괴로웠다.

한 달 후 우리 부부는 난임 전문병원을 찾았다. 원장님은 나에게 시간 간격을 맞춰 난포 주사를 맞거나 착상 여부를 확인하기 위해 병원에 마음 편안하게 다닐 수 있게 배려해주었다. 개중에는 '직장에 피해를 주면서까지 아이를 가져야겠냐'고 말하는 사람도 있었다. 나에게는 간절함이 다른 이에게는 유별난 행동이었다.

처음 병원에 갔을 때 희비가 교차하는 풍경이 아직도 잊히지 않는다. 어떤 산모가 진료실을 나오면서 의사에게 "감사하다"며 연신 인사를 했다. 나를 포함하여 그곳에 대기하던 사람들은 '저 사람이 나였으면 얼마나 좋을까?' 하는 부러운 심정으로 일제히 쳐다보았다. 난임 여성들은 아이를 갖기 위해 희망을 품고 병원에 오지만, 얼굴에는 초초함만 있고 생기가 없었다. 하나같이 절박함이 묻어 있는 얼굴을 하고 있다. 침대에 일렬로 누워서 시술할 때는 기계적으로 알을 낳는 닭이 된 기분이었다. 감사하게도 나는 인공 수정 1차에 성공했다. 사람들은 '한 번 만에 성공하는 것은 로또에 당첨되는 확률'과도 같다고 말했다. 처음에는 난임 병원은 시술이 성공할 때까지 다닐 계획이었다. 나는 나이가 많고 쌍둥이를 임신하여 고위험군의 산모로 분류되었다. 의사의 권유로 9개월 동안 난임 전문병원을 거쳐 강남에 있는 산부인과에서 진료를 봤다. 진료 시간은 20분이었지만 오가는 시간은 3시간이 걸렸다. 진료가 있는 날에는 차 막히는 것을 대비하여 새벽 5시에 출발했다. 숨쉬기조차 힘든 막달에는 앉아 있는 것이 불편하여 누워서 갔었다.

처음 의사 선생님이 '쌍둥이'라고 했을 때는 너무 당황스러웠다. 그 말을 들은 남편은 입대를 앞둔 것처럼 막막했다고 한다. 자기 인생에 없던 그림이었다고 한다. 한 명은 내 욕심으로 힘들어도 낳을 생각이었는데 쌍둥이를 낳아 키울 자신은 없었다. '쌍둥이를 임신했다'는 사실을 주변에 알렸을 때의 반응은 한 가지였다. '장애인이면서 아이를 갖는 건 무책임한 일이며 더구나 쌍둥이는 아닌 것 같다'고 수군거렸다. 사람들은 장애인을, 특히 여성 장애인은 무성욕자로 여기며, 장애인도 엄마가 될 수 있다는 생각조차 하지 않는다. 이런 뉘앙스의 말을 들을 때마다 장애인은 비장애인처럼 생애 주기별로 살면 안 되는 이유가 있는지, 장애 여성이 엄마가 되는 것이 사람들에게 피해를 주는 범법 행위인지에 대해 자신에게 묻고 또 물었다. 장애를 가지고 아이를 키우는 일이 비장애인 엄마보다 더 힘든 건 사실이다. 힘든 것과 키우지 못하는 것은 엄연히 다르다. 힘들다고 그 기회조차 주어지지 않는 것은 차별이다. 여성 장애인이 아이를 가지는 것은 당사자로서는 큰 모험이다. 자신의 장애가 아이에게 유전될까봐 겁이 나서 아이를 낳는 순간까지 불안하다. 내가 임신했을 당시만 해도 엄마가 장애인이면 태아 보험 가입이 불가능했다. 비장애인 산모에게 장애아가 태어날 확률이 있듯이 장애인 산모에게서 비장애아가 태어날 확률도 있다. 그러므로 장애인 산모가 보험 가입이 되지 않는 것은 엄연한 차별이다. 보험 가입은 '약함'이라는 꼬리표를 달고 사는 사람에게는 불리하다.

임신하고자 마음을 먹고부터는 여러 생각들이 나를 괴롭혔다. 아이를 가지기 전에는 '내가 과연 아이를 가질 수 있을까?'가 걱정되었고, 아이를 가진 후에는 '장애를 가지고 태어나지는 않을까?', '아이를 낳은 후 잘 키울 수 있을까?', '복직하면 아이 돌보미는 구해질까?', '아이를 낳겠다는 건 순전히 나의 욕심이었을까?', '아이들이 자라서 엄마가 장애인이라서 원망하면 어떻게 해야 할까?' 등의 생각들이 꼬리에 꼬리를 물었다.

막달에는 자궁수축으로 입원과 퇴원을 반복했다. 출산을 위해 옮긴 대학병원에는 유산 확률이 높은 산모들만 입원하는 병동이 따로 있다. 오로지 아이를 지키고자 임신 초기 때부터 입원한 산모들이 있는 곳이다. 병실에는 TV가 있어도 그 누구도 틀지 않았다. 아이를 지키고자 주수가 채워지기만을 기다리는 마음뿐이다. 아이가 무사히 태어나기만을 기다리는 그 시간의 공기는 개미 발자국 소리가 들릴 만큼 조용하고 무거웠다. 코골이가 심한 남편이 다른 산모들에게 피해를 줄까 염려해서 추운 날에도 응급 상황을 대비해 멀리 가지도 못하고 병원 주차장에 차를 세워놓고 쪽잠을 잤다.

36주부터는 남의 도움 없이 화장실 가기도 어려울 정도로 몸이 무거웠다. 배가 점점 내려와서 방광을 짓눌렀다. 20분 간격으로 화장실을 가야만 했다. 가장 고통스러운 건 누워서 잘 수가 없는 것이다. 왼쪽으로 누우면 선둥이가 힘들어하고 반대로 누우면 후둥이가 뱃속이 불편하다고 신호를 보냈다. 정자세로 자는 것도 숨이 차서 쉽지 않았다. 결국 앉아서 자는 걸 선택했다. 최대한 아이들을 위해 노력했지만, 뱃속에서 후둥이에게 자리를 많이 양보했는지 선둥이는 사경을 헤맸다. 1년 동안의 재활치료 시간을 아이는 두려워했다. 교정을 위해 얼굴만 만져도 아이는 자지러지게 울었다. 아이의 울음소리가 나를 원망하는 것 같았다. 아이의 기울어진 목을 보면서 내가 몸집이 작아 아이들을 힘들게 한 것 같아 미안했다.

07

쌍둥이를 만나다

9개월에 접어들자 자궁수축으로 경부길이가 짧아졌다. 자궁수축억제제를 투여하면 부작용으로 내 몸은 사시나무 떨듯 떨렸다. 입·퇴원을 반복하면서 인큐베이터에 들어가지 않아도 되는 최소한의 몸무게를 만들기 위해 버티고 버텨냈다. 대개 쌍둥이들은 38주에 분만한다. 나는 아이들이 2.1킬로그램의 몸무게가 되자 37주 1일 차에 아이들을 낳았다. 쌍둥이 출산을 담당하는 베테랑 전문의지만 '장애인 산모'라 염려되어 분만실에 의료진이 10명이나 대기하고 있었다. 만일에 하반신 마비가 올 것에 대비해 전신마취를 했다. 지금도 나는 아이들이 태어난 순간과 탯줄 자르는 것을 눈으로 직접 보지 못한 것이 아쉬움으로 남아 있다.

마취에서 깨자마자 나는 남편에게 아이들의 장애 여부에 대해 물었다. 다행히 걱정했던 일은 생기지 않았다. 아이들은 혈당 조절이 되지 않아 집중치료실에 들어갔다고 한다. 그 말을 듣는 순간 내가 힘들더라도 조금만 더 버텨볼걸 하는 후회가 밀려왔다. 하루에 한 번 아이들을 면회하기 위해 신생아실에 들어서면 너무 작은 아이들을 마주해야 했다. 어쩔 수 없이 눈물부터 나왔다. 후둥이는 갈 때마다 얼굴이 빨개지도록 울었다. 마치 나에게 '인큐베이터 속이 갑갑하니 꺼내 달라'고 말하는 것 같았다. 기다렸던 아이들이 눈앞에 있어도 손 한 번 제대로 잡아보지 못하고 돌아서야 했다. 나로 인해 아이들이 고생하는 것 같아 면회 시간마다 눈물바람이었다. 남편은 "엄마는 아이들 앞에서 약한 모습을 보이면 안 돼"라며 아이들 앞에서 울지 말라고 말했다.

일주일 후 나와 아이들은 산후조리원으로 옮겼다. 조리원에 가게 되면 아이들을 원 없이 볼 수 있을 거라고 생각했다. 수유하러 오라는 전화를 받으면 아이들을 볼 수 있다는 생각에 신이 나서 내려갔다. 모유가 잘 나오지 않았고 몸이 흔들려서 아이를 안는 자세가 불안정했다. 그 모습을 본 간호사가 나에게 그냥 자신들이 분유를 주는 것이 나을 것 같다고 면회만 하도록 권유했다. 나는 조리원을 나오기 전까지 아이들을 눈으로만 보아야 했다. 다른 엄마들은 아이에게 엄마의 목소리를 들려주며 체온을 느끼게 하지만 나는 면회 시간에 유리 너머로 눈인사만 건넬 뿐이다. 후둥이는 잠깐이라도 엄마 얼굴을 보고 싶었는지 면회 시간마다 신생아

답지 않게 자지 않고 말똥말똥하게 눈을 뜨고 있었다. 마치 나를 기다리고 있는 것 같았다.

그러던 어느 날 수유실에서 후둥이가 열이 떨어지지 않는다는 연락이 왔다. 남편은 이미 출근해서 불덩이 같은 아이를 데리고 남편 없이 혼자 대학병원으로 갔다. 아이가 잘못될까 불안한 마음에 얼굴은 눈물범벅이 되었다. 집중치료실에 다시 들어간 아이를 두고 나오는 걸음이 차마 떨어지지 않았다. 모든 게 내 잘못 같았다. 몸은 조리원에 있었지만, 온통 내 머릿속에는 아이가 잘 자는지, 잘 먹는지, 혼자 남겨져 있는 게 두렵지는 않은지 병원에 두고 온 아이 생각뿐이었다. 온종일 아이의 울음소리가 귓가에 맴돌았다.

조리원에 2주 동안 있으면서 아이들이 아프거나 배고파서 울어도 내가 해줄 수 있는 것은 아무것도 없었다. 무늬만 엄마였다. 내 욕심으로 낳기만 하고 아이들을 힘들게 하는 것 같았다. 앞으로 아이들을 키우면서 힘든 일들이 많을 것이다. 그때마다 아이들에게 엄마인 내가 제삼자 같이 행동하게 될까 두려웠다. 부족한 엄마가 되고 싶지 않지만 제대로 할 수 있는 게 없는 것이 현실이었다. 조리원에 누워 있으면서 내가 할 수 없는 것들만 생각했다. 이것도 못 하고, 저것도 못 하고, 생각하면 할수록 자신이 없어 도망치고 싶었다.

조리원 퇴소 후 아이들을 잘 키울 자신이 없어 겁부터 났다. 사람들이 나에게 '장애인이 엄마 역할을 잘할 수 있을까?'라며 던졌던 따가운 시선이 오지랖이 아니었다는 생각이 들었다. 그들의 말이 맞는 것 같았다.

08

저는 몸이 조금 불편한 엄마입니다

2주간 산후조리원 생활을 끝내고 쌍둥이들과 집으로 왔다. 조리원이 천국이라는 말이 피부에 와닿지 않았는데 상상하지도 못했던 육아가 나를 기다리고 있었다. 그래도 잘 시간은 있을 거라고 막연하게 생각한 것은 나의 착각이었다. 그런데 '수면 부족'이나 '밥 먹을 시간이 없는 것'보다 더 힘든 건 '내가 아이들에게 해줄 수 있는 것이 제한'되어 있다는 것이었다.

대부분의 쌍둥이는 10개월을 다 채우지 못하고 나온다고 한다. 나는 일찍 태어나게 한 것에 대한 미안한 마음이 늘 남아 있다. 2.1킬로그램, 2.3킬로그램으로 태어난 쌍둥이들은 내가 안으면 부서질 것처럼 작았다. 한없이 작은 아이들을 내가 다치게 할까봐 두려웠다. 직접적으로 아이들을 돌보는 일은 대부분 남편이나 돌보미 이모님이 전담했다. 다른 엄마들처럼 내 손으로 직접

해주지 못하는 것들이 많았다. 남의 손을 빌려서 해야만 하는 것들이 나를 괴롭혔다. 온종일 일하고 돌아온 남편은 쉴 틈도 없이 육아 전선에 뛰어들었다. 큰 덩치로 땀을 뻘뻘 흘려가며 아이들을 씻기는 모습을 보면서 '나를 만나지 않았더라면 저런 고생은 하지 않겠구나'라는 생각에 남편이 측은하고 불쌍하게 느껴졌다. 친구 남편은 아이 보기 싫어서 퇴근하고 카페에서 시간을 보내다가 온다던데, 남편은 샛길로 새지도 않고 바로 집으로 돌아와 아이들이 잠드는 새벽까지 군말 없이 묵묵히 아이들을 돌보는 착한 사람이었다. 하루에 서너 시간만 자고 출근하는 남편의 뒷모습이 안쓰러웠다.

한번은 아이 돌보미 이모님이 아이들이 잠자는 틈에 잠깐 자리를 비웠다. 그날따라 쌍둥이들이 평상시보다 일찍 깨서 배가 고픈지 숨이 넘어갈 듯이 울기 시작했다. 점점 울음소리가 커지기 시작했고, 그 울음소리에 내 마음도 급해졌다. 가까스로 분유를 젖병에 다 넣은 후 뚜껑을 닫으려는 순간 젖병을 손에서 놓쳐 버렸다. 우유가 바닥에 쏟아졌고 내 마음도 와르르 무너졌다. '아이들이 배고플 때 우유 하나 바로 주지 못하는 주제에 무슨 자격으로 엄마라 할 수 있을까?'라는 생각이 들어 내 자신이 한없이 초라하게 느껴졌다. 나는 바닥에 널브러진 젖병을 끌어안고 목 놓아

엉엉 울었다. 아이들이 커갈수록 내가 못 해주는 것들이 더 많아질 거 같아서 두려웠고 서글펐다.

퇴근한 남편은 빨갛게 충혈된 내 눈을 보고 자초지종을 물었다. 낮에 있었던 일을 다 들은 남편은 '비장애인도 실수로 우유병을 놓칠 수 있다며 그건 작은 실수에 불과한 일'이라며 나를 다독였다.

나는 아이들의 목욕이나 약을 먹이는 등의 세심함이 필요한 일들은 다른 사람의 도움이 필요하다. 그러나 이유식 만들기나 아이 옷 세탁하기 등의 직접적인 케어가 아닌 보조적인 역할들은 내가 할 수 있었다. 나는 아이들에게 해줄 수 없는 것들을 보상이라도 하듯, 내가 할 수 있는 일은 과할 정도로 열심히 했다. 지금 돌이켜 생각해보면 '아이들을 위한다'는 '모성애'라는 가면 뒤에 '장애인 엄마라서 저렇구나'라는 말을 듣는 것이 두려웠던 것 같다. 요즘은 아이의 이유식을 배달시켜서 먹이는 엄마들도 있다. 나는 '이유식만은 내 손으로 해야지'라는 생각에 졸린 눈을 비벼가며 날마다 아이들이 질리지 않게 다양한 이유식을 만들었다. 그 시간에 차라리 부족한 잠을 보충했더라면 아이들에게 짜증을 덜 냈을 것 같다. 쓸데없는 고집으로 아이들을 힘들게 하고 나도 힘들었다. 조금은 내려놓고, 힘을 빼고 육아를 했더라면 심적인 고단함이 덜 했을 것이다.

남들이 '장애인 엄마'라고 수군거리거나, 나 때문에 아이들이 듣지 않아도 될 말을 듣게 하고 싶지 않았다. 그래서 아이들의 옷에 얼룩이 조금만 묻어도 바로 갈아입혔고, 아이들이 버릇없다는 소리를 들을까 봐 늘 주의를 주었다. 그런 마음은 아이가 어느 정도 자라면 사라질 거라고 생각했다. 하지만 아이가 성장하면 하는 대로 그 규율은 더 강해졌다. 아이가 말이 늦어지거나 걸음마할 기미가 보이지 않으면 조바심이 나서 맘 카페를 들락거리거나 인터넷으로 폭풍 검색을 했다. 아이들은 자신들의 속도에 맞춰 자라야 하는데 나는 기다려 주지 않았다. 내가 남들의 시선이 두려워 아이들을 아이답게 자라지 못하도록 강요하고 있었다. 아이들을 힘들게 하지 않기 위해서는 내가 못하는 부분을 인정해야 한다.

09

제발, 잠 좀 자자!

내가 근무하는 직장은 2014년까지만 해도 여직원들이 출산휴가만 썼다. 육아휴직을 못 쓰게 하는 것은 아니었지만 쓴 전례가 없었다. 그러다 드디어 2014년에 육아휴직을 쓴 1호 직원이 나왔다. 처음으로 육아휴직 총대를 멘 직원은 환영받기보다는 민폐녀로 통했다. 하지만 그 덕에 1호를 시작으로 여직원들은 눈치 보지 않고 육아휴직을 쓰기 시작했다.

시설을 개원하고 15년 만에 나는 3호로 육아휴직을 썼다. 휴직하게 되면 쌍둥이에게 정서적으로 안정된 육아를 할 자신이 있었다. 육아휴직을 하고 두 달 만에 바로 후회했다. 바깥 공기가 너무나 그리웠다. 회사 동료들이 독박 육아의 위로 차원으로 가끔 방문해주었다. 동료와 수다를 떠는 시간들이 달콤했다. 동료들이 다녀가면 공허함이 밀려왔다. 집에서 아이를 보는 것이 내 자리가 아닌 것 같았다.

육아 현실은 상상했던 것 이상이었다. 가장 힘든 건 수면 부족이었다. 그전에는 사람들이 '밤에 아이들이 잘 안 잔다'고 말해도 믿지 않았다. '잠이 오면 자겠지'라고 안일하게 생각했다. 잠이 오면 자는 건 맞지만 아이들은 '그냥' 잠들지 않았다. 쌍둥이들은 안아서 재워야만 했다. 쌍둥이를 재우기 위해 둥가둥가, 드라이브, 유모차 셔틀, 바운서 이용 등 할 수 있는 노력은 다했다. 심지어 낮에는 재우지 않기도 해보았다. 그러나 다 소용없었다. 잠든 것 같아 바닥에 눕히는 순간 등에 센서가 작동된 것처럼 깨서 울었다. 인터넷에 나오는 선배 맘들의 이야기도 통하지 않았다. 피폐해진 하루하루가 곤혹스러웠다.

김준희 작가의 수면 교육을 시도했다. 남편도 돌보미 이모님도 책에 나오는 수면 교육 방법에 동의하지 않았지만 나는 강행했다. 쌍둥이가 울어도 안아주지 않고 눕혀서 재우기를 시도했다. 길게는 40분을 울다가 지쳐 잠들었다. 쌍둥이는 점점 짜증이 늘었고, 오히려 수면의 질이 나빠졌다. 그때는 몰랐다. 책에 나오는 육아가 무조건 '정답'이라고 생각했다. 쌍둥이도 곧 적응할 거라고 생각했다. 그러나 결국 실패했다. 쌍둥이의 정서에는 맞지 않는 수면 교육이었다. 누워서 자는 것이 불편해서 우는 아이들을 안아주지 않는 나에게 이모님은 '독한 엄마'라고 말했다. 친정엄마도 나에게 '이렇게 잠투정하는 것도 한때라고 그것도 못 참는 게 이해되지 않는다'고 했다. 아이는 내 생각대로 움직이는 기계가 아닌데 나는 그래주길 바랐다.

나는 아이들이 일어나는 순간부터 '일찍 재우는 것'을 목표로 일과를 보냈다. 내 쉴 틈을 마련하기 위해 쌍둥이들의 패턴을 맞추고자 노력했다. 컨디션에 따라 쌍둥이의 패턴이 다르게 움직이는 날이었다. 한 명이 자면 한 명이 깨고, 수유 텀도 다를 때가 있었다. 그런 날에는 궁둥이 붙일 새가 없었다. 한번은 자정이 다 되어서야 식탁에 앉았다. 그것이 그날의 첫 끼였다. 쌍둥이가 깰까 봐 숨죽인 채 첫 숟가락을 뜬 순간, 아니나 다를까 '으앙' 울음소리가 들렸다. 다른 한 아이도 덩달아 깰까봐 우는 아이를 얼른 거실로 데리고 나왔다. 그렇게 한 시간을 둥가둥가를 한 후 자리에 눕혔다. 나는 밥을 포기하고 잠을 선택했다. 그것도 잠시 금방 눕힌 아이가 또 울었다. 나도 모르게 분노가 폭발했다. 이성을 잃은 나는, 결국 100일도 안 된 아이를 세워 "잠 좀 자자"라고 소리쳤다. 지금 생각하면 후회가 된다. 배고프면 울고, 잠자리가 불편해서 우는 것은 아이의 본능인데 나는 그것을 받아들이지 못했다. 아이를 낳은 후 내 의지대로 의식의 흐름대로 할 수 있는 게 하나도 없었다. 쳇바퀴처럼 24시간 갇힌 공간에서 아이들만 보고 있는 그 자체가 숨이 막혔다. 그 당시 남편도 함께 육아하느라 많이 힘들었을 텐데 남편은 한 번도 힘든 내색을 하지 않았다. 함께 힘든 시기였지만 내가 힘드니 주변을 둘러볼 여유가 없었다. "당신은 출근하잖아, 그러니 내 마음을 모른다"며 날 선 말들을 남편에게 쏟아내기도 했다. 남편은 나의 독박육아로 오는 히스테리를 다 받아주었다. 육아휴직 동안 남편이 퇴근하면 나는 아이들을 맡기고 육아로 지친 마음을 달래기 위해 밤마다 동네를 몇 바퀴씩 돌았다. 유일하게 숨 쉴 수 있는 시간이었다.

아이들을 키우면서 친정엄마 생각이 많이 났다. 나와 막냇동생은 열네 살 차이가 난다. 동생은 엄마와 잠시도 떨어지지 않으려고 했다. 화장실에 갈 때도 업고 갈 정도로 예민했다. 그때 당시 일하시는 인부 아저씨들이 우리 집에서 하숙을 했는데, 엄마는 우리 가족을 포함한 대식구의 식사와 청소, 빨래를 홀로 감당한 것이었다. 하루 종일 동동거리는 엄마는 예민하고 밤잠이 없는 동생 때문에 육퇴를 일찍 하지 못했다. 동생이 자지 않고 늦은 시간까지 울면 아빠는 "애 하나 못 재우냐"고 타박했다. 엄마는 아빠 눈치를 보며 슬그머니 마당으로 나갔다. 아빠도 일했지만, 엄마 역시 온종일 돌봄 및 가사 노동을 했는데, 그 노동을 하찮게 생각하고 엄마로서 해야 하는 일이라고 당연하게 생각했다. 그 누구도 엄마의 노고를 인정해 주거나 위로하지 않았다. 아이를 낳아 길러

보니 이제야 엄마의 노고를 실감할 수 있었다. 그 당시 나에게 엄마가 동생을 봐주거나 기저귀를 개 달라고 부탁할 때 다른 친구들은 하지도 않는 일을 나만 하는 것 같아서 짜증냈던 기억이 난다. 지금 돌아보니 엄마에게 미안한 생각이 든다.

나는 아이의 예쁜 옷이 눈에 들어오기도 하지만 예쁜 내 옷도 눈에 들어온다. 내가 좋아하는 아이스크림을 아이들에게 뺏기지 않기 위해 종종 숨어서 먹기도 한다. 모성애가 '무조건적인 헌신'이라면 내겐 모성애는 없다. 나만의 시간이 있어야 하고 내가 원하는 것은 해야 한다. 친정엄마처럼 자신을 온전히 희생해 가며 아이를 키울 자신은 없다. EBS 마더 쇼크 제작팀이 발간한《마더 쇼크》를 읽은 후 그동안 가지고 있던 죄책감이 사라졌다. 우리가 모성에 너무 집중한 나머지 좋은 엄마가 되는 것에 한계나 선을 미리 긋는 것이 아닐까 하는 우려 때문이다. 모성을 절대 가치로 숭상하고 자신의 모성이 부족하다는 것을 어쩔 수 없는 형벌로 여겨서는 안 된다는 것을 기억해야 한다.* 이 책 내용처럼 우리 사회는 '엄마라면 이래야 한다'며 의무적으로 모성을 강요하고 있다. 따라서 대부분의 엄마는 '착한 엄마'라는 콤플렉스를 가지고 살아간다. 아이들에게 '부족한 엄마'라고 느껴질 때면 대부분의 엄마들은 죄책감에 시달린다. '모성애'는 엄마가 되면 자연히 생겨야

* 《마더 쇼크》, EBS 마더 쇼크 제작팀, 중앙북스, 2012, 41쪽

하는 것이고 당연한 것은 아니다.

나는 모성애가 부족한 것이 아니다. 엄마이기 이전에 여자다. 예쁜 구두를 보면 걸음을 멈추고 가끔은 날이 좋으면 아이들 없이 외출하고 싶다. '엄마가 행복해야 아이도 행복하게 자랄 수 있다.' 그러므로 나는 모성애가 부족한 것이 아니라 행복을 누리며 살고 싶은 꿈을 가진 사람이다.

10

불안은 늘 다른 형태로 찾아온다

임신을 확인한 날부터 쌍둥이가 태어나고 걸음마를 하고 말을 시작할 때까지 나는 늘 불안했다. 쌍둥이는 다른 아이들에 비해 성장 발달이 많이 느린 편이 아니었는데도 발달이 조금 빠른 아이를 보면 아이들이 혹시 장애가 있는 것이 아닌지 의심되었다. 아이가 성장하는 모습을 보면 매순간이 감격스러웠다. 감격스러운 순간 중 잊지 못하는 날이 있다.

쌍둥이는 14개월 차에 걸었다. 햇볕이 내리쬐던 날이었다. 운동장에서 꼬물거리던 아이들이 잔뜩 겁먹은 얼굴로 한 발씩 발을 떼기 시작했다. 넘어지지 않으려고 안간힘을 써 가면서 나에게 걸어왔다. 그 모습에 '아이들이 정상적으로 성장하고 있구나'라고 생각하며 그제야 안도감이 들었다. 나는 아이들이 태어나자마자 의사에게 '장애' 여부를 먼저 확인했다. 결과는 '정상'이었다. 그럼에도 불안감은 쉽게 가시지 않았다. 발달이 조금이라도 느리면 불안감이 몰려왔다. 유아 커뮤니티 카페를 들락날락하며 내가 아이를 제대로 키우고 있는지도 수시로 확인했다. 쌍둥이가 첫발을 내딛는 그 순간, 그 모든 불안이 순식간에 날아갔다. 이제 더는 불안해하지 않아도 될 것 같았다.

쌍둥이가 걷고 말하기 시작하자 또 다른 걱정이 생겼다. 영유아 검진을 갈 때마다 '저체중이고 머리둘레가 작다'는 말을 들었기 때문이다. 의사 선생님이 인지 및 언어 쪽은 만점이라고 했는데도 그 말은 내 귀에는 들리지 않았다. 뒤에서 번호가 '머리둘레는 5번, 몸무게가 2번'인 것이 머릿속을 떠나지 않았다. 남들은 정상 범주에 들어가거나 과체중인데 쌍둥이는 왜 늘 하위권일까? 좀 더 크면 괜찮아질 거라고 스스로 마음을 달래보았지만 또 다른 불안함이 나를 억눌렀다.

쌍둥이의 신체 발달이 평균에 미치지 않는 것이 속상했다. 머리가 작으면 문제가 있다고 TV에서 본 후로 또 다른 근심거리가 생긴 것이다. '인지 발달 상태가 정상이니 크게 걱정하지 않아도 된다'고 의사 선생님이 말해 주었다. 나 역시 저체중이지만 심각하게 생각하지 않았다. 아이들은 나와 다르게 신경이 쓰인다. 내가 아이들에게 다른 엄마들보다 영양가 있는 음식을 먹이지 않아서 그런 건 아닌지 걱정되었다. 그런 마음에 보약과 영양제 등을 먹여도 큰 효과가 없었다.

교회에서 또래 엄마들과 이야기를 나누던 중에 나는 '아이들 머리가 작아서 걱정'이라고 말했다. 듣고 있던 엄마가 '우리 아이는 과체중이라 고민'이라고 했다. 한 엄마가 "연예인은 머리가 작잖아요"라며 걱정하지 말라고 위로해주었다. 나는 오히려 과체중인 아이를 볼 때마다 우리 아이들과 비교가 되어 부러웠다. 저 아이는 무엇을 먹어서 저렇게 건강한지 궁금했다.

나는 남편에게 정밀검사를 받아보는 게 좋겠다고 말했다. 긍정적인 남편은 '머리가 작고 저체중이지만 입원 한 번 하지 않고 건강하게 자라는 것에 감사한 일'이라고 다독였다. 남편의 말에 검사는 하지 않기로 하고 좀 더 지켜보기로 했다. 쌍둥이를 키우면서 불안한 마음은 다양한 형태로 튀어나온다. 이것 또한 나의 장애로 오는 피해의식이 아닌가 싶다.

11

어쨌든 복직했습니다

출산 휴가 3개월, 육아휴직 1년을 썼다. 쌍둥이라 1년을 더 쓸 수 있었지만, 그렇게까지 하고 싶지 않았다. 직장생활이 그리웠고, 적성에도 맞지 않는 독박육아에서 탈출하고 싶었다. 그런데 1년 동안 돌봐주신 아이 돌보미 이모님이 이사를 하게 되어 다른 이모님을 구해야 했다. 처음에 이모님을 구할 때도 힘들었는데 다시 하려니 더 막막했다. 우리의 조건에 맞는 아이 돌보미를 구하는 건 어려운 일이었다. 아이 돌보미를 하는 분들은 직장보다는 아르바이트 개념으로 생각했다. 온종일 일해서 많은 돈을 받기보다는 단시간 근무하고 본인의 가정도 돌보며 개인 시간이 보장되기를 원했다. 하루 꼬박 아홉 시간 동안 쌍둥이를 혼자 보는 것도 힘들고 다른 돌보미 파트너와 손을 맞춰 일하는 것도 꺼렸다. 우리 집 같은 케이스는 까다로운 근무조건에 해당되었다. 자연히 엄마들 사이에서 선호하지 않는 돌보미가 배정되었다. 그분은 잦은 지각에 일방적으로 종종 결근도 했다. 휴직 기간에는 내가 있으니 어떻게든 넘어갈 수 있었지만 이런 변수가 자주 생겨서 불안했다. 복직 후에도 그런 상황이 반복될까 봐 난감했다. 다른 돌보미로 다시 구할까 고민했다. 그러나 아이들이 또다시 적응 기간을 가져야 하고 다시 구하는 일도 쉬운 일이 아니어서 좀 더 지내보기로 했다. 그러다 보면 괜찮아질 거라고 생각했다. 내가 하루에 두 시간씩 외출하는 동안은 다른 분이 오셔서 함께 아이들을 돌보았다. 돌보미 이모님 한 분이 심각한 얼굴로 나에게 말했다. 늘 지각하는 분이 후둥이를 때렸다는 것이다. 내가 잘못 들은 줄 알았다. '돌도 안 된 아기를 왜 때렸을까?' 많은 생각이 들었다. 그동안 내가 자리를 비운 틈에 아이들은 다른 이모님에게 맡겨두고 낮잠을 자거나 통화를 계속한다는 것은 알고 있었다. 우리 부부는 돌보미 한 분만 고용하는 것도 생각했지만 그러다 보면 한 아이가 소외되는 시간이 있을 것 같아 두 명을 고용한 것이었다. 그런데 결론적으로 아이들에게 안 좋은 영향을 주게 된 꼴이 되었다.

다음날 아이를 때린 이유를 물어보니 후둥이가 선둥이의 옷을 잡았다는 것이었다. 아이가 악의를 가지고 한 것이 아니라 탐색의 의미였을 텐데 나는 이해가 가지 않았다. 나는 즉시 센터에 연락해 그분에게 받는 서비스를 종료했다. 센터 측에서는 인성 문제로 엄마들에게 항의가 많이 들어오는 분이었음을 인정하고 내게 사과했다.

복직은 다가오고 그런 일을 겪은 후로는 센터에 맡기는 것이 불안했다. 그래서 어린이집도 알아보았는데 입소 대기로 당장 들어갈 수 없는 상황이었다. 무엇보다 이제 막 돌이 지난 아이들을 어린이집에 보내는 것이 마음에 내키지 않았다. 발을 동동 구르는 모습을 보고 시어머님이 아이들을 포항에서 키워주겠다고 했다. 처음에는 복직할 욕심에 그러기로 했는데, 아이들을 보낼 시간이 다가오자 아이들을 보고 있어도 보고 싶은 마음이었다. 결국, 다시 어린이집을 알아보았다. 시어머님은 내가 감당하지 못할 걸 알기에 강원도로 올라와 주었다. 지금은 시어머님은 강원도에서 우리 아이들을, 시아버지는 포항에서 형님네 아이들을 봐주고 있다. 자식들 때문에 두 분이 생이별을 하였다. 한번은 아버님과 마트에 갔는데, 어떤 분이 쌍둥이를 보시더니 아버님께 "아들내미 장가보내고 손자도 보셨으니 할 일 다 하셔서 부럽다"고 말했다. 그러자 아버님은 "다 끝난 게 아니라 요즘은 손자까지 봐야 한다"고 대답했다. 그 말을 듣고 나는 죄송한 마음에 몸 둘 바를 몰랐다.

어쨌든 나는 어머님이 오셔서 마음 놓고 일하게 되었다. 무엇보다 아이들이 정서적으로 안정되었다. 시부모님에게는 죄송하지만, 육아로 인해 퇴사하게 되면 재취업이 힘들 것 같았다. 나는 일을 놓기 싫었다. 주변 사람을 살피기보다는 내 욕심부터 먼저 챙겼다.

12

우리 엄마 손은 흔들려요!

두 아이의 배틀이 시작되었다.

"엄마는 컵 들 때 손이 흔들려."

"엄마는 비타민 줄 때 손이 흔들려."

"엄마는 지퍼 올려줄 때도 손이 흔들려."

"아, 그리고 로션 발라줄 때도 손이 흔들려."

쌍둥이들이 나의 '장애'의 특성에 대해 본인이 더 많이 알고 있다며 경쟁이 붙었다. 그러다가 누리가 나에게 물었다. "엄마 손은 왜 흔들려?"

아직까지 쌍둥이들은 어려서 '장애'를 추상적인 의미로 받아들인다. 나는 아이들의 눈높이에 맞추어 최대한 풀어서 설명했다. 그러자 누리는 마치 대단한 것을 알게 된 것처럼 마루에게 "엄마는 태어날 때부터 손이 흔들렸대." 그걸 듣던 마루는 "엄마, 우리는 안 흔들리게 태어났어요"라고 말했다. 나는 아이들이 나와 똑같은 장애인으로 태어나지 않은 사실에 감사하다. 다른 이들이 '장애'를 이해해주기를 바라면서도 아이러니하게 임신 당시에 나는 '아이들이 장애를 가지고 태어나면 어떡하지?' 하며 걱정했다. 내가 장애를 가지고 있는 사실은 받아들여도 내 아이들이 장애인인 것은 받아들일 자신이 없었다. 아마 내가 장애인으로 살아오면서 불편함을 몸소 체험했기에 아이들에게는 물려주고 싶지 않았던 것 같다.

누리가 "엄마, 천천히 하면 안 흔들릴 거예요" 하고 자기 나름의 해결책을 제시해주었다. 아이들은 자신들이 부탁한 일을 내가 느리게 하면 "흔들려서 잘 안 되죠?", "천천히 하세요.", "아빠에게 부탁할까요?"라고 물어본다. 그러면 내가 "아니, 엄마도 할 수 있어. 기다려 줄래?" 하면 "알았어요" 하고는 끝까지 기다려주는 고마운 아이들이다.

아이들이 엄마에 대해 '부끄럽다'는 기색 없이 재잘거리는 것을 보면서 안도했다. 아이들은 태어날 때부터 불편한 엄마를 봐왔기에 아무렇지 않게 이야기할 수가 있다. 아이들이 학교에 갈 나이가 되고 친구들이 자신의 엄마와 내가 조금은 다르다는 것에 의문을 가지고 물어보는 상황이 오더라도 지금처럼 스스럼없이 말할 수 있을까? 그랬으면 좋겠다. 예전에 쌍둥이들의 친구가 자신의 엄마와 다르다는 것이 느껴졌는지 나를 빤히 쳐다본 적이 있었다. 그 시선이 앞으로는 아이들에게도 쏟아질 것이고 아이들에게 물어보는 날도 올 것이다. 그 생각을 하니 마음이 쿵 하고 내려앉았다. 쌍둥이 친구들이 나에 대해 궁금하면 당황하지 말고 이렇게 말하면 좋겠다. "장애인 처음 보지? 우리 엄마는 조금 불편하지만, 괜찮아!"라고. '비록 우리 엄마는 몸은 불편하지만 자랑스럽다'는 말을 들을 수 있게 노력하는 엄마가 되고 싶다. 오늘 아무렇지 않게 나눈 대화처럼 친구들이 물어도 쿨하게 설명해 주었으면 좋겠다.

다행히 아이들은 나보다 나의 장애를 쉽게 받아들이고 있다. 장애인의 의미를 정확히 이해는 못하지만 '몸이 불편한 엄마'라는 것은 인식하는 눈치다. 장애를 심각하게 생각하지 않고 자연스럽게 받아들여 줘서 다행이다. 가끔 어린이집에 방문하면 나의 존재를 부끄러워하지 않고 반갑게 안기는 아이들에게 감사하다. 남편과 쌍둥이는 나의 장애를 하나의 정체성으로 받아들이고 있다. 나만 내 존재를 부정하고 숨기기에 바빴다. 내가 당당해야 내 가족이 거리낌 없이 나를 소개한다. 엄마들 사이에서 위축되지 않도록 나를 드러내야겠다.

나는 다른 엄마들처럼 빠르게 척척 들어주지는 못하지만, 아이들이 '우리 엄마는 몸은 불편하지만 나를 많이 사랑하고 있어'를 온몸으로 느끼게 해주고 싶다. 아이들이 외롭지 않도록 나를 찾으면 늘 곁에 있어 주고 싶다. '장애'를 가진 아이의 엄마가 쓴 글에서 '장애인'이라는 뜻은 '사람들에게 길게 사랑받는 사람'이라고 표현했다. 이 말처럼 나도 아이들에게 오래 사랑받을 사람의 운명으로 태어났다. '나는 사랑 복이 터진 사람'이라서 행복하다.

13

엄마가 행복해야 아이도 행복하다

나는 쌍둥이를 전적으로 혼자 키우기는 힘들다. 남편과 시어머니와 함께 육아 중이다. 남편은 병원 진료 등 기동성이 필요한 것을 주로 담당하고, 시어머님은 아이들의 전반적인 육아와 살림을 맡았다. 그리고 나는 유치원에 관한 일과 교육을 전담하고 있다. 대개 보통의 엄마들은 혼자서 다 하는 것들이다. 한번은 같이 근무하는 선생님이 나에게 '아이를 거저 키우는 사람'이라고 말했다. 그 말에 동의한다. 시어머님과 남편이 있어서 육아가 예전만큼 그리 힘들지 않다. 든든한 육아 동지가 되어준 그들에게 감사하다.

시어머님은 일 년에 서너 번은 시댁이 있는 포항에 내려가신다. 보통 가게 되면 일주일 정도 머물다 오신다. 시어머님이 자리를 비우면 마루는 불안해한다. 지금은 많이 좋아졌지만, 시어머님이 안 계시는 날에는 '할머니 보고 싶다'며 밤마다 울었다. 그럴 때는 저녁마다 할머니와 영상통화로 아이를 진정시킨다. 시어머님은 포항에 갈 때 마루에게 일곱 밤만 자고 오겠다며 안심시킨다. 한번은 마루가 자기 딴에는 시어머님이 포항에 못 가게 하는 방법을 궁리했는지, "그럼 내 밥은 누가 주냐고" 다급하게 외쳤다. 그 말을 들은 나는 순간적으로 웃음이 나왔다. 아이들의 눈에는 '요리하는 엄마의 모습'은 없었다. 아이들에게 난 어떤 모습으로 비칠지 궁금하지만, 물어보기가 겁난다. 없어서는 안 되는 존재가 아니라 대체 가능한 사람일까 봐 두렵기 때문이다.

아이들은 자신들이 도움이 필요할 때 할머니나 아빠를 먼저 찾다가 해결이 되지 않을 때 마지막으로 나를 찾는다. 아이들 눈에도 엄마가 해줄 수 있는 부분은 제한되어 있고 아이들은 내가 자신들의 부탁을 느리게 해결해 준다는 것을 알고 있다. 예전에는 아이들이 나를 먼저 찾지 않아서 속상했다. '속상함은 어디에서 오는 것일까?'를 생각해보았다. 단편적으로는 '완벽하지 못한 엄마'가 아님을 인정하기 싫었다. 내면 깊숙하게 생각해보니 '장애를 가진 나의 정체성'을 부정하고 있었다. 장애인임에도 장애인이 아닌 척하고 싶었다. 내 스스로가 '장애인은 불완전한 사람'으로 인정하고 있었다. 장애인이든 비장애인이든 완벽한 사람은 없다. 각자의 아픔이 있고 콤플렉스가 있다. 나는 장애가 그런 것이다. 그것을 부정하기보다는 인정해야 하는 부분이다. 자신을 있는 그대로 받아들이게 되면 마음이 가벼워진다. 내가 할 수 없는 부분에 대해 도움을 받는 것에 스트레스 받을 일이 없다.

완벽한 엄마가 될 수 없다는 것을 인정해야 한다. 해줄 수 없는 부분에 대해서는 깨끗하게 미련을 버려야 한다. 나의 부족함을 채우기 위해서 예전에는 내가 할 수 있는 부분은 과하게 해주었다. 시간이 지나고 보면 넘치게 줄 필요가 없었다는 생각이 든다. 에너지만 소비되었고 아이들에게 부담감으로 느껴졌을지도 모른다. 아이로부터 나의 부족함을 채우는 것은 어리석은 일이다. 이제는 나의 내면을 가꾸는 일이 더 중요하다는 것을 안다. 자존감이 강한 엄마가 아이를 독립적으로 키울 수 있다.

예전에는 '아이가 우선'이라고 생각했고 그것이 '모성애'라고 생각했다. 지금은 생각이 바뀌었다. 이제는 '엄마가 먼저'라는 생각이 든다. 엄마 내면의 상처가 치유되지 않은 상태에서 아이를 돌보게 되면 그 상처가 고스란히 아이에게 가게 된다. 엄마가 행복해야만 아이도 행복하다. 이 주장은 모성애와는 별개다. 엄마의 내면을 치유하기 위해서 나는 글쓰기를 추천한다. 글을 쓰다 보면 내 안의 상처가 치유된다. 또 육아로 받는 스트레스를 글로 털어버릴 수 있다. 감정을 털고 나면 아이에게 향한 날이 선 말들이 반으로 줄어든다. 꼭 글쓰기가 아니어도 좋다. 자신이 좋아하는 것을 함으로써 스트레스를 해소하는 시간이 필요하다. 직장인에게 휴일이 있듯이 돌봄 노동을 하는 엄마들도 휴식이 필요하다. 충전되어야 아이도 잘 볼 수가 있다. 엄마의 시간 확보를 위해 당당히 요구하는 작업이 필요하다.

14

장애는 나의 정체성일 뿐

어린이집이나 교회 모임에서 자연스레 아이 또래 엄마들과 어울리는 기회가 생긴다. 내향적인 성격 때문에 나는 엄마들과의 관계에서 어색하다. 어울리고 싶은 마음은 있지만, 그 자리가 불편해 적극적으로 참석하지 않는다. 스스럼없이 잘 어울리는 엄마들이 부럽기도 하다. 내가 이런 모임에 적극적으로 나가지 않아서 아이들의 교육이나 어린이집에 대한 정보도 늦다. 이런 나로 인해서 우리 아이들이 또래 친구들과 어울리지 못할까 봐 두렵다. 불가피하게 직장 일로 아이들 행사에 참석하지 못하는 경우에는 우리 아이들만 챙겨줄 사람이 없는 건 아닌지 걱정된다.

재작년에 마음으로 많이 의지한 아는 집사님이 부군이 발령이 나서 전출을 갔다. 힘들게 사귀어 친해질 만하면 헤어지는 것 같아 마음이 울적했다. 나는 외향적인 성격도 아니고 장애를 오픈하기까지 큰 용기가 필요한 사람이다. 사람 사귀는 일에는 오랜 시간이 걸린다. 인간관계를 넓히기 위해 많은 에너지가 소비되는 느낌이다. 쏟은 에너지에 비해 인연은 오래 이어지지 않는 상황이 반복된다. 사람은 만나고 헤어지는 것이 당연하지만 이별은 항상 익숙하지 않다.

소극적인 내 모습과 아이들은 많이 닮아 있다. 아이들은 낯을 많이 가리고 사람들을 만나면 부끄러워서 인사도 못 하고 도망가기 바쁘다. 내 모습을 보고 배우는 것 같다. 아이들의 그런 모습을 보면 내가 불편하더라도 관계를 맺어야 하는지 심각하게 고민하였다. 타고난 성향도 있겠지만, 나는 아이들이 적극적이었으면 좋겠다. 사람들 앞에서 쭈뼛거리는 아이들의 모습에서 마치 어린 시절의 나를 보는 듯하다. 어릴 때부터 사람들의 이목이 쏠리는 것이 싫었다. 학교 다닐 때 국어 시간에 남들 앞에서 일어서서 책을 읽거나 앞에 나가서 수학 문제를 푸는 것 자체가 고통이었다. 충분히 문제를 풀고 책을 읽지만 어눌한 발음, 삐뚤삐뚤한 내 글씨가 신경 쓰였다. 나의 모든 행동은 '장애인'이라는 틀에 갇혀 남들의 평가에 신경을 쓴 것이다. 지금도 마찬가지다, 엄마들 사이에서도 위축되는 나 자신을 발견한다. '장애인 엄마가 눈치 없이 설친다'는 말을 들을까 봐 두렵다. 그러한 말들이 나에게서만 끝나는 것이 아니라 아이들 귀에까지 들려 상처가 될까 봐 겁이 난다.

남들에게 눈에 띄지 않게 나의 존재를 자연스레 숨긴다. 당당한 엄마가 되고 싶다고 말하지만, 행동은 정반대로 하고 있다.

아직까지 아이들은 '장애인 엄마를 둔 아이'라는 놀림을 당한 경험이 없다. 몇 년 후 쌍둥이는 초등학교에 가게 된다. 학교 행사에 가면 나의 겉모습을 보고 또래 친구들이 쌍둥이를 놀리지나 않을까 벌써 걱정이 된다. 그 상황을 대비해 여러 번의 시뮬레이션을 해보았지만 두려움은 오히려 더 증폭되었다. 아이들이 놀림의 대상이 되지 않게 하려면 차라리 학교 행사에 가지 않는 것이 나을 것 같다. 장애인 엄마보다는 무관심한 엄마라는 말을 듣는 것이 아이들에게 덜 상처가 되지 않을까.

직장에서 비장애인 대상으로 장애 인식개선을 교육할 때 '장애인은 죄인이 아니다'라고 강조하면서 정작 내가 죄인처럼 숨으려고 한다. 이러한 고민을 남편에게 털어놓았다. 그것 또한 '아이들 스스로 헤쳐 나가야 하는 일이고 본인들이 감당할 몫'이라고 남편은 말했다. 나로인해 감당하지 않아도 될 일을 겪게 하는 것 같아 미안했다.

'부모의 사랑과 신뢰가 아이의 사회성에 있어서 가장 중요합니다. 원만한 대인관계 능력은 다른 사람을 반가워하는 마음에서 비롯되는데, 그 마음은 아이 생애 최초의 다른 사람인 '엄마'를 반갑고 좋아하는 데서 출발한다고 해요*'라는 글을 읽고 아이들에게 미안한 마음을 조금이나마 떨쳐낼 수 있었다.

아이들의 사회성은 나의 장애에 영향을 받는 것이 아님을 조심스럽게 말해본다. 아이의 내향적인 성향은 나로 인한 것이 아니라 원래 타고난 기질임을 받아들이기로 했다.

* 한혜진, 《극한육아 상담소》, 로지, 91쪽.

15

아이는 나의 결핍을 채우는 대상이 아니다

나는 쌍둥이가 또래 아이들보다 조금만 뒤처져도 조바심이 난다. 그렇다고 남들보다 앞서가는 것도 원하지 않는다. 남들의 이목을 끌지 않고 그저 튀지 않는 범위에서 또래 아이들의 평균 속도로 자라길 바란다.

아이들이 네 살 되던 해부터 매일 저녁 시간에 책을 2권씩 읽어 주었다. "일주일 내내 읽다 보면 흥미를 잃을 수 있다며 하루 정도는 쉬는 것이 좋을 것 같다"고 남편이 말했다. "부모는 일관적인 태도를 보여야 아이들이 혼란스럽지 않다"며 나는 그 제안을 받아들이지 않았다. 표면적인 이유는 그랬지만, 하루라도 쉬게 되면 내 마음이 불안했다.

아이들은 어린이집에서 놀이와 병행하여 한글을 재미있게 배웠다. 한글에 관심을 보인 이때를 놓치기 싫어서 다섯 살이 되면서부터 집에서 본격적으로 한글을 가르쳤다. 아이들은 귀찮아 할 때도 있었지만 큰 거부반응은 없었다. 어느 정도 한글 깨치기가 끝날 무렵 숫자도 함께 가르치기 시작했다. 덧셈, 뺄셈을 배우기 시작하자 아이들은 어려워했다. 공부하는 시간을 싫어했다. 공부하지 않으면 자신들이 좋아하는 유튜브를 10분씩 보지 못하고, 무엇보다 내가 무섭게 화를 낸다는 것을 알고 있었다. 아이들은 두려운 마음에 어쩔 수 없이 공부를 했다. 한번은 "오늘은 야근해서 늦을 것 같아요"라고 시어머님에게 말했다. 아이들은 신이 났다. "나는 엄마가 늘 늦게 오면 좋겠어"라고 마루가 말했다. 이유를 물어보니 "공부를 안 해도 되고 유튜브를 마음껏 볼 수 있잖아"라고 대답했다. 그 말에 웃음이 나왔지만 내가 아이들을 너무 닦달한 게 아니냐는 생각이 들었다.

나의 강박증과 결핍을 아이들을 통해 채우고 있었다. 공부하지 않으면 엄마가 무서운 헐크로 변하는 것을 아이들은 안다. 졸리면서도 졸린다고 말하지 못한다. 누리는 공부하는 도중에 잠들기도 한다. 자면서도 "나 다할 수 있어"라고 중얼거린다. 마루는 졸리지만, 끝까지 다하고 잔다. 고개를 푹 숙인 채 문제를 풀고 있는 마루의 얼굴을 보았다. 아이의 눈에는 눈물이 그렁그렁 맺혀 있었다. 그 얼굴에서 '엄마, 나 힘들어'라는 말이 들렸다. 원망스러운 눈빛이었다. '내가 지금 아이들에게 뭐 하는 짓이지?'라는 생각이 들면서 정신이 번쩍 들었다. 하루쯤 건너뛴다고 해서 큰일이 생기는 것도 아닌데 왜 이리 집착했을까? 나의 욕심과 장애로 오는 피해의식으로 아이들을 힘들게 하고 있었다.

어릴 적 친정엄마도 나에게 많은 양의 공부를 시켰다. 공부가 싫어서 눈뜨자마자 엄마 몰래 집을 나왔던 적도 있었다. 점심을 거르면서까지 저녁 늦게 친구들과 놀다가 들어갔다. 어쩌면 엄마도 내가 공부를 잘하면 장애인이라 무시당하지 않을거라 생각하셨을 것 같다. 나 또한 장애인 엄마 밑에서 자란 애들은 티가 난다는 말을 듣는 게 두려웠다. 나의 장애로 엄마는 나를 힘들게 했고, 나는 아이들을 힘들게 하고 있었다. 장애로 인한 대물림을 끊기로 했다. 마루의 눈물을 본 이후 아이들이 힘들어하는 신호를 보내면 즉각 공부를 중단했다. 내가 조금만 욕심을 버리면 아이들은 행복할 수 있다.

아이는 나의 결핍을 채우는 대상이 아니다. 또 아이를 키우는 것은 남들과 비교해서도 안 된다. 아이의 속도 대로 자라는 것을 응원해주는 것이 부모의 역할이다. 그래야만 아이들이 행복하다. 처음 아이를 낳았을 때 건강하게만 자라 달라고 바랐던 첫 마음은 어디로 갔는지, 내 안에 욕심만 가득한 엄마가 되어 버렸다.

나는 이제 아이와 나를 분리하는 작업을 하고 있다. 나의 결핍으로 아이들을 힘들게 한다면 아이들이 자라면 나를 멀리할 것이다, 20년 후 외로운 엄마가 되는 일이 없도록 노력해야겠다.

PART

3

있는 모습 그대로 나를 인정하며 살기

01

누구나 강점 하나씩은 있다

내가 장애인 사회복지 현장에서 일하고 싶었던 이유는 뭘까? 그 이유는 장애인들의 불편함에 대한 목소리를 대변하고 싶어서였다. 그 마음으로 장애인거주시설에 취직했지만 나는 그들을 직접적으로 돌보는 부분에서는 많은 것이 제한되었다.

처음 입사했을 당시에는 내가 할 수 없는 것들에만 집중했다. 몸이 불편한 장애인들을 대신해서 식판을 들어줄 수도 없고, 양치질 같은 것도 도울 수 없었다. 할 수 있는 일보다 못하는 일이 더 많았다. 그들에게 직접적인 서비스를 지원할 수가 없었다. 그러다가 생각을 바꾸어 보았다. '못하는 것 말고 내가 잘할 수 있는 것'을 찾아보기로 한 것이다. 내가 찾아낸 것은 두 가지였다. 먼저 나는 글을 쓰는 것에는 두려움이 없었다. 나는 장애인들이 하는 말들을 놓치지 않고 기억해 두었다가 해결해줄 수 있다는 생각이 들었다. 이 두 가지를 가지고 할 수 있는 것이 '프로포절'이었다.

나의 첫 프로포절은 자원봉사자를 대상으로 쓴 '장애인식 개선' 기획서였다. 제출 전까지 고치는 작업을 수없이 했다. 18년이 지난 지금도 그 기획서의 내용과 진행 당시 느꼈던 감정들은 아직도 생생하게 남아 있다. 사람은 누구나 '터닝포인트'가 있기 마련이다. 나의 경우는 이 기획서가 터닝포인트가 되었다. 그 기획서는 '나도 장애인을 위해 할 수 있는 것이 있다'는 것을 발견하게 되는 계기가 되었다. 사업이 선정된 후 처음 든 생각은 나도 시설에 도움을 줄 수 있는 사람이라는 사실이었다. 그렇게 쓰기 시작한 기획서만 백 단위가 되며, 이때까지 받은 지원금만 34억이 넘었다. 그 이후 기획서를 작성하고 진행하는 것이 나의 주 업무가 되었다. 그렇게 몇 년을 재미있게 일했고 그 노력으로 승진도 했다. 시설에서뿐만 아니라 한국 장애인시설협회에서 주관하는 '장애인 의사소통 매뉴얼 개발' 공모에 나의 제안서가 선정되어 연구원으로 활동할 수 있는 기회도 주어졌다. 그렇게 시작하여 꼬리에 꼬리를 물면서 활동 범위를 넓혀 갔다. 2018년도에는 또 하나의 기획서가 전국 우수사례집으로 선정되기도 했다. 총 다섯 권의 사례집들에는 나의 기획서들이 실려 있다. 그 책자들을 보고 자문하기 위해 전국에 있는 시설에서 종종 전화가 오기도 했다.

시설에 있는 한 선생님이 내게 물었다. "왜 그 일에 목숨 걸어요?” 나는 “내가 장애인들에게 유일하게 온전히 도움 줄 수 있는 일이라고”, 또 “이 일을 할 때는 나도 선생님과 같은 위치에서 일하는 기분을 느낄 수 있다”고 답했다. 한 마디로 ‘나의 존재가 필요하다’는 것을 증명하는 것이기도 하다.

사람은 장애가 있든 없든, 나이가 많든 적든 누구나 잘하는 것 한 가지씩은 있기 마련이다. 우리 시설 장애인들의 예를 들어보겠다. 한 분은 가르쳐주지 않았는데도 한 번 들은 영어단어는 기가 막히게 외우고 화장 순서와 화장품 종류도 줄줄 외운다. 또 한 분은 날아다니는 벌레를 손으로 잡는 신기한 기술을 가지고 있다. 그리고 먹는 것에 관심이 많은 장애인이 있는데, 그분이 음식을 먹는 것을 보고 있으면 없던 식욕도 불러올 만큼 맛있게 먹는다. ‘먹방’ 유튜브를 하게 된다면 구독자 수가 엄청날 것이라고 우리끼리 말하기도 한다.

‘장애인들은 할 수 있는 것이 없다’는 생각은 편견이다. 그렇게 말하는 사람은 장애인을 만나보지 못한 사람들이다. 장애인에게 관심을 가지고 관계를 맺으면 그들의 강점이나 재능을 발견할 수 있다. 비록 비장애인보다 할 수 있는 범위가 좁아도 잘하는 것, 좋아하는 것 한 가지씩 있다. 못하는 것에 목숨 걸고 좌절하기보다는 잘하는 것 하나만 있으면 되지 않을까 싶다.

02

해식 씨의 원점

내가 근무하는 시설은 시골에 위치해 있다. 쇼핑하거나 영화를 보는 등의 문화생활을 누리는 면에서는 열악한 환경이다. 입소하는 장애인의 보호자들도 어느 정도 문화 혜택을 누릴 수 있는 도시에 위치한 시설에 입소하기를 원한다. 우리 시설은 도시에 있는 시설의 입소 순위가 밀려난 중증 장애인들의 보호자들로부터 입소 문의가 들어온다. 대부분 교사의 손길이 많이 필요한 분들이다.

한 달 전 장애인 한 분이 가입소했다. 우리 시설은 입소절차상 정입소가 되기 전, 1개월에서 3개월 정도 가입소 기간을 두어 시설체험을 한다. 그 기간에는 입소를 희망하는 장애인은 이곳에 사는 것이 만족스러운지, 기존에 사는 장애인들은 새로 들어오는 사람과 함께 살아가는 것에 동의하는지를 서로 탐색해보는 시간이다. 해식(가명) 씨는 언어 표현이 전혀 되지 않는 중증장애인이다. 그는 소리를 많이 지르고, 침을 많이 흘려서 냄새가 심했다. 예전에도 이런 특성들을 가진 분들이 많이 입소했기 때문에 무난하게 적응할 것 같았다.

해식 씨도 초반에는 낯선 환경에 적응하느라 크게 나타나는 문제행동들은 보이지 않았다. 한 달이 되면서 어느 정도 적응하는 눈치였다. 그러나 그전에 보이지 않았던 문제행동들이 서서히 드러나기 시작했다. 하루에도 서너 차례씩 이불과 생활공간에 대소변을 보았다. 해식 씨 입장에서 보면 하루아침에 생면부지인 사람들과 생활하고 정해진 시간에 일어나 밥을 먹어야 하는 단체생활이 힘들었으리라 짐작된다. 가족이 보고 싶은 마음과 자신이 이곳에 버려졌다는 생각에 마음이 불안했을 것이다. 장소 불문하고 대소변을 보는 것이 우리가 볼 때는 문제행동이었지만 말을 못 하는 그의 입장에서는 자기 나름의 의사 표현방식이다. 가정에서는 온 가족의 사랑을 받으면서 살아온 그는 이곳이 낯설게만 느껴졌을 것이다.

'도가니 사건'이 터지면서 '장애인 인권'에 대해 사람들이 관심을 보이기 시작했다. 그 사건이 일어나기 전에는 우리 시설에 예비입소한 장애인은 입소 체험하는 날부터 '앞으로 함께 살아갈 가족'이라고 생각했다. 입소 예정인 장애인들은 가입소 기간에 적응하는 동안 돌발행동을 많이 한다. 사회복지사들을 때리거나 물기도 한다. 말없이 원 밖으로 나가거나 식사를 거부하거나 대·소변을 아무 데나 보기도 한다. 그런 행동들이 이곳에 적응하기 위해 필요한 것이라고 생각했다. 사회복지사들은 장애인이 적응하기까지는 힘들어도 보호자가 시설에 맡기는 심정은 오죽할지 생각하며 시설에서 끌어안고 가자는 분위기였다. 지금은 돌발행동을 보이면 장애인 당사자가 입소를 거부하는 것으로 알고 퇴소 절차를 진행한다. 그러한 행동을 무시하는 것 자체가 인권침해가 되기 때문이다. 이러한 인권이 중요시되는 대신 장애인들의 거주권과 재활 서비스가 축소되거나 사라지고 있다. 예전에 장애인들의 재활을 위해 개입했던 행동수정이 이제는 강압의 의미로 변했다. 개중에 의욕 넘치는 선생님들은 장애인들의 재활을 위해 힘쓴다. 그 재활이 장애인을 위한 것이라도 당사자가 싫으면 그만두어야 한다. 예를 들어 비만으로 체중 관리가 필요한 장애인이지만, 당사자가 원하지 않으면 개입해서는 안 된다. 거부 의사를 밝혔음에도 교사의 뜻대로 진행하면 '인권침해'가 될 수 있다. 그 문제로 인권위원회가 소집되기도 했다. 인권위원회는 시설 외부단원들로 구성되어 있다. 외부단원들이 주기적으로 인권침해 여부를 조사한다. 이러한 상황 때문에 보호자가 장애인을 돌볼 여건이 되지 않아도, 갈 곳이 없어도 장애인 당사자가 '싫다'고 표현하면 시설에서는 서비스를 종료해야 한다. 해식 씨는 우리 시설과 가족이 되지 못했다. 보호자에게 퇴소 절차를 밟기 위해 전화를 했다.

입소 상담할 때 어머님의 사정을 잘 알기에 퇴소 회의를 진행했지만 우리의 마음은 무겁기만 했다. 고개를 떨군 채 '내 자식이 갈 곳은 정녕 없는가?', '내가 죽기 전 거처를 마련해 놓고 가야 한다'며 어머니는 떨리는 목소리로 말했다. 어머님의 절박함이 느껴졌다.

어머님이 해식 씨에게 '집에 가자'고 말했다. 해식 씨는 그 말을 듣자마자 시설 밖으로 뛰어나갔다. 한 달 동안 살면서 집과 가족이 얼마나 그리웠을까? 그래도 해식 씨는 행복한 사람이다. 나 몰라라 하는 보호자도 아니고 돌아갈 수 있는 가족의 품이 있기 때문이다. 그렇지 않은 장애인들도 많다. 부모님이 돌아가셔서 형제들에게 부담되는 존재로 미움을 받거나 가족의 죽음으로 연고자가 없는 경우도 있다. 갈 곳 없는 장애인을 당사자의 의사를 무시한 채 받아야 하는지, 아니면 장애인의 의사가 중요한지 판단이 어려울 때가 있다. 무엇이 우선이고 정답일까. 장애인 당사자가 시설이든 시설 밖에서든 살아가는 장소는 중요하지 않다. 장애인 당사자가 살아가는 데 있어 안전이 보장되고 무엇보다 그들이 행복했으면 좋겠다.

예전보다 사람들이 인권에 대해 관심을 가지게 된 것은 사실이다. 그러나 지금 장애인들이 폭력에 노출되는 것을 떠나 본질적으로 장애인이 '인간다운 삶'을 살 수 있다는 의미에서 인권이 향상되었는지에 대해서는 의문이 든다. 장애인의 의사결정이 중요해진 반면 거주권은 위협받고 있다. 인권에 대한 정책이 강화되었지만 실상을 들여다보면 빈껍데기에 불과하다. 여전히 시설 안이든 밖이든 장애인이 폭력에 노출된 사건을 뉴스에서 접하기 때문이다. 정부는 눈에 보이는 부분만 해결하기에 급급하기보다는 그 문제로 인해 파생되는 문제점까지 파악하고 해결해야 한다.

적응하지 못하고 집으로 돌아가는 해식 씨의 어머님에게 다시 원점에서 시작하게 만든 것 같아 죄송한 마음이 들었다. 해식 씨가 어디에서 살던 행복하게 생활하는 모습을 어머님이 보았으면 좋겠다. 하루빨리 어머님의 어깨에 짊어진 무거운 짐이 내려지길 바란다.

03

난생처음 타보는 지하철

이곳에 입사한 첫해인 2003년도에 있었던 일이다. 그 당시 나는 프로그램 하나를 맡게 되었다. 그 프로그램 내용은 '교통수단'에 대해 이야기해보는 것이었다. 장애인들이 이해하기 쉽도록 교통수단을 그림으로 준비했다.

"한 주 동안 잘 지내셨죠? 자! 오늘은 우리가 타고 다니는 교통수단에 관해 이야기 나누어볼까 해요." 가벼운 인사를 건네고 준비해 간 그림을 보여주면서 프로그램을 시작했다. 승합차부터 버스, 택시, 지하철 등 하나하나 이야기를 이어갔다. 버스 그림을 보여주자 장애인들은 '버스'라고 대답했다. 다른 장애인이 '버스는 캠프 갈 때 타는 것'이라고 대답했다. 그때 느꼈다. 우리가 생각하는 것처럼 그들에게 버스는 일상생활 속에서 타기보다는 특별한 날에만 타는 하나의 이벤트인 교통수단이었다. 마치 우리가 어릴 적 생일이나, 어린이날에 엄마가 사주는 통닭을 먹는 기분 같을 거라는 생각이 들었다.

다음 질문에서 나는 시설 장애인들이 그동안 얼마나 혜택을 누리지 못하고 살았는지를 마주하게 되었다. 지하철 그림을 보여주자 장애인들은 '기차'라고 대답했다. 나는 기차랑 비슷하게 생겼지만, 지하철이라고 설명했다. 한 분이 눈을 반짝거리면서 질문했다. "선생님 더 설명해주세요. 저는 지하철을 실제로 본 적이 없어요. 상상이 잘 안 가요." 궁금해하는 진주(가명) 씨를 위해 좀 더 자세히 설명해주었다. 궁금증이 다 풀리지 않은 듯한 얼굴이었다. 진주 씨는 장애 정도가 중증이어서 이곳이 오픈하면서 전원되어 왔다. 시설에서 돌보기 힘든 장애인들이 다른 시설로 전원되기도 한다. 진주 씨가 그런 케이스였다. 나는 진주 씨에게 서울에 살 때 지하철을 타본 경험이 없었냐고 물었다. 그러자 "에이, 걷지도 못하는 저를 누가 데리고 다녀요? 저는 시설이 세상의 전부였어요"라고 말했다. 학교도 입학하자마자 걷지 못해서 쫓겨났다고 했다. 나는 더는 말을 잇지 못했다. 그날 프로그램 일지를 결재 맡으면서 사무국장에게 진주 씨에게 지하철을 태워주고 싶다고 말했다.

"지하철은 진주 씨뿐만 아니라 여기 사시는 분들 다 타고 싶을 거예요." 그러면서 5월까지 눈이 내리는 강원도 날씨 때문에 난방비로 열 달이 마이너스인 시설의 재정 상태에 대해서 듣게 되었다.

비장애인들은 마음만 먹으면 쉽게 탈 수 있는 지하철이 진주 씨에겐 '타보고 싶은 꿈' 같은 일이었다. 그 당시가 2003년도였기 때문에 그전에는 진주 씨뿐만 아니라 중증장애인은 지하철을 이용하기가 어려웠다. 중증장애인들이 지하철을 이용하기 위해 지하철 선로에 눕는 사건이 있었다. 그것이 이슈가 되기 전까지 사람들은 중증장애인들이 지하철 타는 것이 어렵다는 것을 알지 못했다. 결국 장애인 이동권 운동은 2004년 12월 29일 '교통 약자의 이동 편의 증진법' 제정이라는 성과를 냈다. 또 당시의 이명박 서울시장은 전 역사에 상당히 많은 수의 엘리베이터를 설치해주었다.

장애인 휠체어 리프트 추락 사고가 터졌다. 그 후 리프트가 장애인이 사용하기는 부적절하다는 것을 알았다. 리프트를 이용할 때 나는 음악 소리를 한 번쯤은 들어보았을 것이다. 그 소리는 크고 요란하다. 모든 사람을 집중하게 만든다. 누구를 위한 서비스인지 모르겠다. 지금 장애인이 휠체어 리프트를 이용하고 있다는 알림 서비스다. 리프트를 이용하는 장애인은 마치 동물원에 있는 동물이 된 느낌일 것이다. 장애인 당사자는 자신의 상태를 사람들에게 드러내는 것을 불편해한다. 더구나 모르는 사람들의 이목이 쏠리는 것 자체를 싫어한다. 그러한 이유로 장애인은 사람 많은 곳에 가는 것을 꺼리기도 한다. 기관이나 정부는 하나의 정책을 만들 때 당사자의 의견을 들어보고 그들의 입장에서 놓치는 부분이 없는지 살펴본 뒤 편의시설을 만들면 좋겠다.

시설 재정은 어려웠지만 '시설은 나에게 있어서는 세상의 전부다'라는 진주 씨의 말이 귓가에 맴돌았다. 나는 그 소원을 꼭 들어주고 싶었다. 지하철을 탈 기회를 마련하기 위해 방법을 찾았다. 그러던 중 우연히 그 당시 유행하던 싸*월드에서 '사연을 받습니다'라는 문구가 눈에 띄었다. 심장이 뛰기 시작했다. '그래 바로 저거야' 하며 "한 번도 타보지 못해서 지하철 타는 게 소원입니다"라는 제목으로 진주 씨의 사연을 보냈다. 며칠 후 싸*월드에서 연락이 왔다. 홍보 활동을 통해 사연을 본 네티즌들이 도토리를 기부한 만큼 후원금을 지원한다는 내용이었다. 나는 3주 동안 지인 찬스와 인근 학교, 군부대를 돌면서 발로 뛰며 홍보했다. 평상시 남에게 아쉬운 소리를 못하는 성격이지만, 이번만큼은 적극적으로 도움을 요청했다. 꼭 그녀의 소원을 들어주고 싶었다. 그 결과 도토리 5만 개가 모였다. 그렇게 500만 원으로 진주 씨뿐만 아니라 70명의 장애인 전원이 지하철을 이용해 서울문화탐방을 하게 되었다.

사무국장은 당일치기로 지하철을 타고 서울문화탐방만 하고 내려오기가 아쉽다고 했다. '떡 본 김에 제사 지낸다'는 말처럼 1박 2일 가정문화체험을 제안했다. '70명의 장애인이 가정문화체험을 할 수 있도록 신청하는 가정들이 얼마나 있을까?' 하는 의문이 들었다. 선생님들의 지인 찬스로 몇 집을 섭외하고, 보호자들에게 요청했다. 그런데도 체험 가정 수는 턱없이 부족했다. 나는 다시 시설에 등록된 후원자, 자원봉사자들에게 '봉사 시간을 드린다'는 내용의 편지를 반신반의하는 마음으로 보냈다.

며칠 후 나를 찾는 전화가 왔다. 그분은 강남지구 학부모 봉사단장님이었다. 그 인연으로 몇 년간 지하철 및 가정문화체험을 이어갈 수 있었다. 그 사업을 진행하면서 에피소드가 많았다. 지하철을 탔을 때 '재수 없다며 당장 내리라'고 소리 지른 아저씨, 가정문화를 체험하는 집이 낯설어 꼴딱 밤을 새운 장애인, 지하철이 생소해 탑승을 거부한 장애인, 이불에 지도를 그리는 바람에 도우미 교사가 한밤중에 이불을 빤 사연들이 지금은 추억으로 남아 있다.

이것을 계기로 전원은 아니지만, 소수 인원이 기차, 택시, 비행기를 타볼 수 있는 기회들이 생겼다. 나에게는 또 다른 꿈이 있다. 시설에 있는 장애인들이 모두 다 해외여행을 가는 것이다. 언제가는 이루어질 거라 기대해본다.

04

"건강하게 있다가 나 있는 곳으로 다들 넘어와"

우리 시설에 창석(가명)이 아저씨가 계셨다. 아저씨는 61세 되던 해에 우리 시설에 들어왔다. 그전까지는 가족들과 함께 살았는데, 입소 전까지는 사회생활이 어느 정도 가능해서 교회에서 잔심부름을 하면서 지냈다.

2002년, 아저씨네 가족들이 미국으로 이민 가게 되면서 두 형제가 이곳으로 나란히 입소하게 된 것이다. 창석이 아저씨는 사회생활을 할 정도로 다른 지적장애인들보다 인지능력이 뛰어났다. 원 내에 매점을 오픈하면서 창석이 아저씨가 매점 사장님이 되었다. 자신이 가게를 운영한다는 사실과 월급을 받는다는 것에 큰 자부심이 있었다. 그런 아저씨가 작년 환갑잔치 후로 치매 증상을 보였다. 식사 후 생활실에 올라왔다가 다시 또 식당으로 내려가곤 했다. 약을 먹고도 담당 교사에게 약을 달라고 여러 번 말하기도 했다. 아저씨의 잦은 실수로 그 방의 세탁기는 쉴 틈 없이 돌아가고 있었다.

많은 비장애인에게 발병하는 치매가 장애인만 피해 가라는 법은 없다. 시설에 거주하는 장애인은 아동 시설에서 성인 시설, 노인 시설로 생애 주기에 따라 옮겨야 한다. 시설에서 지원하는 서비스가 다르기 때문이다. 보통 61세가 되면 노인 시설로 전원한다. 물론 당사자가 원하지 않을 때에는 거주 기간이 4~5년 정도 늘어나기도 한다. 단 노인성 질환이 없다는 전제가 있어야만 가능하다. 장애인 시설에서는 '노인 대상'으로 하는 서비스를 전문적으로 지원하기에는 한계가 있다. 또 65세 생일이 지나면 장애연금은 중단되고, 노인 연금으로 전환된다.

18년을 우리와 같이 지낸 창석 씨와 이별을 준비해야 하는 시간이 왔다. 아저씨에게 "애향원 살면서 언제가 제일 행복하셨어요?" 하고 물었더니, "매점에서 일할 때가 제일 행복했어"라고 대답했다. 그러고는 자신의 황금기 시절을 무용담처럼 한참 동안 이야기해 주었다. 아저씨의 이야기를 다 듣고 난 뒤에 나는 "아저씨, 노인시설로 옮겨야 할 것 같아요"라고 말했다. 아저씨는 "내가 요즘 바지에 똥을 많이 싸서 그렇지" 하며 덤덤하게 말했다. 차라리 우리에게 왜 나를 보내냐?고 따졌더라면 아저씨를 보내는 우리의 마음이 덜 미안했을 것 같다.

이곳에 있다가 다른 시설로 전원한 장애인들의 소식을 종종 듣는다. 옮겨간 곳에서 적응을 잘하고 있다는 소식을 들으면 마음이 놓인다. 반면에 돌아가셨거나, 아프다는 소식이 들리면 어쩔 수 없이 마음이 무거워진다. 창석이 아저씨는 다른 사람들보다 인지가 있어서 이곳에서 '반장'으로 불렸는데, 지금은 바람 불면 날아갈 것 같이 왜소해졌다.

미국에 있는 보호자에게 퇴소 문제로 연락을 했다. '노인시설로 가셔야 할 것 같다'고 말했더니 보호자는 '오빠가 그곳에서 생을 마감하면 좋겠지만, 좀 더 나은 서비스를 받기 위해 옮기는 것이니 동의한다'고 했다. 그 뒤 아저씨가 갈 노인 시설에 퇴소 관리를 담당하는 사회복지사와 아저씨가 함께 방문했다. 다행히도 이곳에 계셨던 장애인 한 분이 먼저 가 있는 곳이기도 했다. 그곳에서 그분을 보고 반가워하고 안심하는 눈치였다. 아저씨도 마음에 들어 하는 것 같아서 조금은 마음이 놓였다.

아저씨를 위한 환송회 날, 케이크를 자른 후 아저씨에게 한마디하라고 마이크를 넘겼다. "건강하게 있다가 나 있는 곳으로 다들 넘어와"라고 아저씨가 말했다. 그 말에 우리는 한바탕 웃을 수 있었다. 그렇게 아저씨는 올해 캠프를 가지 못하는 것에 아쉬움을 남긴 채 우리 시설을 떠났다.

식사 시간마다 창석 아저씨의 빈자리가 허전하다. 장애인은 자신이 살고 싶은 곳에서 자기 의사에 따라서 살 순 없을까? 생애주기에 따라 옮겨야 한다는 사실에 마음이 씁쓸해졌다. 장애인들은 정든 사람들과 매번 헤어짐을 겪게 되고 그 헤어짐을 준비해야 한다. 그래서인지 그들은 '헤어짐'에 대해 우리들이 서운할 정도로 쿨내가 진동한다. 장애인들도 자신의 의지에 따라 살 수 있는 거주권이 보장되는 환경이 되었으면 좋겠다.

05

"선생님, 벼가 노랗게 익었어요!"

명은(가명) 씨는 글씨와 숫자를 모른다. 벼가 익으면 추석이고, 크리스마스 행사가 끝나면 설이 다가오고 있다는 걸 알아챈다. 자신의 감이 맞는지 확인하기 위해 달력을 들춰보고 달력에 연달아 숫자가 빨간색이면 명절이 다가왔다고 확신한다. 일 년 중 유일하게 집으로 갈 수 있는 날이기 때문에 명은 씨는 혹여나 집에 가지 못할까 봐 애를 태운다.

명절이 시작되는 달, 첫날부터 명은 씨는 집에 가기 위한 통과의례를 치른다. 바닥에 드러누워 시설이 떠나갈 듯이 운다. 마치 어린아이가 장난감을 사 달라고 떼쓰는 것과 흡사하다. 눈에 보이는 사람들마다 '엄마에게 전화를 걸어 달라'고 보챈다. 그 통과의례에 지친 어느 선생님은 시설에 있는 모든 달력에 검은 매직으로 빨간 숫자를 덧칠했다. '이번 명절에는 날 데려갈까?' 하며 명은 씨는 전화기를 뚫어져라 쳐다본다. 집에서 전화가 왔는지 하루에도 수십 번 묻는 명은 씨의 마음에는 상처가 생긴다. 명절 한 달 전부터 자신을 데려가지 않을 것 같은 불안감에 속을 끓이는 것이다.

보다 못한 담당 선생님은 명은 씨 어머님에게 전화를 걸어준다. 그러면 명은 씨는 "엄마, 이번에 나 집에 갈 수 있지?" 하며 확인한다. "매번 오는데 왜 물어보냐?"며 명은 씨 어머님의 육두문자가 수화기 너머로 날아온다. 듣는 이가 무안할 정도로 구박이 심하다. 어머님의 '집에 와도 된다'는 대답을 듣고 나면 명은 씨는 그제야 안심한 듯 전화를 끊는다. 그때부터 명은 씨는 명절에 사 갈 식구들 선물을 고민한다.

이곳에서 지내는 장애인들은 평균연령이 40~50대다. 그러다 보니 그분들의 부모님들은 나이가 많다. 불과 10년 전만 하더라도 부모님들이 시설에 방문하는 횟수가 많았다. 지금은 이동하기 불편할 정도로 연로해져서 자주 올 수가 없다. 예전에는 부모님들이 원으로 방문해서 장애인들을 집으로 데리고 갔다. 이제는 명절이 되면 시설에서 장애인들을 집으로 직접 데려다주기도 한다.

그래서 명절이 다가오면 시설에서는 부모님에게 전화를 한다. 그때 '명절을 함께 보내겠다'고 하거나 '친인척들이 모이는 자리에 장애인 자식이 오는 것이 부끄럽고 불편하다'고 하는 경우도 있다. 가족과 함께 보내는 장애인들은 즐거운 명절을 보내겠지만, 시설에 남는 장애인들은 우울한 명절을 보내게 된다. 가지 못하는 장애인들은 가는 분들에게 질투가 나서 연휴기간 동안 일부러 이불에 오줌을 싸기도 한다. 시설에서는 원가족이 있어도 집에 가지 못하거나 무연고 장애인들을 대상으로 명절 음식 만들기, 게임 등의 다양한 명절 행사를 진행한다. 원장님은 부모님 역할을 하는데 자신의 사비를 털어 시설에 남아 있는 장애인들을 위해 빳빳한 세뱃돈을 준비한다. 이렇듯 시설에서도 다양한 명절 행사를 준비하지만, 그 허전한 마음은 쉽게 달래지지 않는다.

한편으로는 명절날 함께 보내지 못하는 보호자들이 이해 되기도 한다. 그러나 본인의 자식이고 형제인데 다른 날도 아니고 명절에 가족들과 보내지 못하면 원망스럽고 속상한 마음이 든다. 몇 해 전에 40대 지적장애인이 명절에 집에 갔다가 노부모님이 자식과 함께 동반 자살한 사건이 있었다. 자신들이 죽은 뒤 장애인인 자녀가 걱정된 나머지 나쁜 결정을 한 사건이었다. 그 부모님의 마음을 이해 못 하는 건 아니었지만, '장애'로 인해 자기의 의사와 상관없이 생을 마감해야만 했던 그 장애인을 보면서 마음이 아팠다. 그 기사를 접한 후 집에 갔던 장애인들이 무사히 다 돌아오면 그제야 안도감에 마음을 쓸어내린다.

한국에서는 아직도 장애인을 둔 가족은 국가가 아닌 개인이 전적으로 책임져야 한다. 그 부담감은 이루 말할 수가 없다. 국가가 그 짐을 어느 정도 나누어 진다면 누구나 즐겁게 보낼 명절에 참담한 기사는 접하지 않아도 되겠지라는 생각 때문에 마음이 씁쓸해졌다.

명은 씨가 집에 가기 전, 엄마에게 선물할 빨간 내복은 유난히도 눈에 띄었다. 집에 가기 전까지 머리맡에 두고 자는 일이 몇 년이나 더 이어질지는 모르겠다. 그 설레는 마음이 아주 오랫동안 이어지길 바랄 뿐이다. 곧 다가올 명절에 명은 씨가 활짝 웃으며 집으로 가는 길을 상상만 해도 미소가 지어진다.

06

아이를 통해 내가 성장한다

우리 아이들은 네 살 되던 해부터 어린이집에 다니기 시작했다. 학부모가 되어보니 두 가지 마음이 생겼다. 첫 번째는 '장애인 엄마로서 피해 의식'이 생겼다. 한 선생님이 여러 명의 아이를 돌보다 보면 다칠 수도 있다. 아이들을 소홀히 봐서 그런 일이 생기는 것은 아니라는 걸 알지만 나는 아이들의 작은 상처에도 어린이집에 전화를 한다. 그렇게 하지 않으면 '내가 장애인이라 아이들까지 무시한다'고 생각했다. 선생님들은 전혀 그런 의도가 아니었을 것이다. 그렇게 생각하는 것은 순전히 나의 피해 의식이었다. 나를 향한 수군거림이 아이들도 그렇게 대접받을 것 같다는 생각을 들게 했다. 마치 '나의 장애'가 대물림된다고 말이다. 나 때문에 아이들까지 무시당할까 두려웠다. '장애인 엄마 밑에 자란 애들치고는 잘한다'는 말도 듣기 싫었다. 아이들이 사람들의 이목이 쏠리고 그로 인해 사람들의 입방아에 오르내리는 것이 싫었다. 그저 아이들이 극성스럽지도 않고 다른 아이에 비해 뒤처지지 않기를 바랐다. 장애인 엄마를 두었다는 이유만으로 아이들이 상처받을까 두려웠다.

사람들이 아이들과 나를 서로 다른 객체로 바라봐주길 바란다. 나에 대한 편견을 아이에게까지 연장해서 생각하지 않았으면 좋겠다. 혹여 생각 없이 말하는 사람들의 말로 아이들이 상처받는 일이 없었으면 좋겠다. 외부에 흔들리지 않고 내면이 단단하게 자라기를 바란다.

두 번째는 현장에서 사회복지사로서 시설에 거주하는 장애인의 부모님을 대하는 마음가짐이 변했다. 시설에서 근무하면서 극성맞은 보호자들을 보면서 '나는 나중에 학부모가 되면 저러지 말아야지'라고 생각했다. '자신의 자식만 더 신경 써서 봐 달라'고 하거나 사사건건 확인 전화하는 부모님이 있다. 그런 모습을 보면 시설을 믿고 맡기지 않는다는 생각이 들었다. 그럴 때는 서운한 마음과 '이럴 거면 집에 데려가시지 왜 시설에 맡길까?'라는 생각이 고개를 들었다. 그동안은 철저히 시설 입장에서 생각하였다. 그런데 아이를 어린이집에 맡기고 난 뒤에 나도 그 부모님들과 똑같이 요구하고 있는 모습을 발견했다. 그전에는 그분들의 마음을 헤아리려는 노력은 전혀 하지 않았다. 원장님에게 '보호자님이 이렇게 말씀하셔서 약속하다'고 말하기도 했다. 그때마다 원장님은 "자식을 맡길 수밖에 없는 부모의 마음은 어떻겠냐, 우리가 이해해야 한다"고 대답했다. 직원의 입장보다는 보호자 입장에서 대변하는 원장님에게 서운한 마음이 든 적도 있었다. 지금 생각해보면 원장님 생각이 옳았다. 부모님들은 '장애'로 인해 자식과 떨어져 살면서 보고 싶을 때 볼 수가 없다. 얼굴 보며 함께 살지 못하는 그 마음이 이제야 느껴진다. 이래서 자식을 낳아봐야 이해의 폭이 넓어진다고 하나 보다. 이제는 무슨 일에 있어서 당사자가 되기 전에 판단하는 일은 하지 말아야겠다.

어린이집에서 아이들은 7시간을 보낸다. 퇴근 후에 아이들은 어린이집에서 있었던 일들을 나에게 미주알고주알 이야기한다. 가끔은 어린이집에서 다쳤거나 싸운 이야기를 듣게 되는데 어린이집 선생님이 다친 경위나 왜 싸웠는지 알려주지 않을 때는 섭섭한 마음이 든다. 그 마음이 시설에 장애인을 맡긴 부모의 마음으로 옮겨간다. 우리 시설에서는 매주 보호자와 통화하기, 장애인의 생활일지 월 1회 발송, 정기적인 보호자 모임, 명절 귀가 서비스 지원, 보호자와 함께하는 캠프 등을 진행하고 있다. 보호자 방문 및 장애인이나 보호자가 원하면 일시 귀가도 자율적으로 이루어지고 있다. 이러한 서비스들이 이루어지지만, 부모 마음은 자식들이 잘 지내고 있는지, 아픈 데는 없는지 항상 궁금하고 걱정될 것이다. 어쩌면 '내 아이가 다른 친구들보다 선생님에게 귀염받기를 원하는 것'은 이기적인 마음이 아니었다. 부모라면 당연히 생기는 마음이다.

시설에 있는 장애인들이 '내 눈에 다 예쁘다'는 말은 거짓말이다. 아이를 낳기 전에는 정이 가지 않는 장애인에게 기본적인 것만 해주고 사무적으로 대한 적도 있었다. 내 아이가 어린이집 선생님에게 냉소적인 태도로 대우받으면 속이 상할 것 같다는 생각이 들었다. 장애인들을 보면서 아이들의 얼굴이 오버랩되기도 한다. 이제는 시설장애인들에게 전처럼 딱딱한 태도로 대하는 일은 하지 않게 되었다.

'아이를 낳아봐야 어른이 된다'는 말이 무엇인지 이제야 알게 되었다. 부모가 되어 보니 내 중심에서 주변 사람의 마음을 헤아릴 수 있는 마음을 가지게 되었다. 아이를 통해 나는 성장하고 있다.

07

행복을 찾아 떠난 남자

내가 근무하는 곳에 거주하는 장애인을 우리는 '가족'이라고 부른다. 여기서 가족은 한 부모에게서 태어난 것을 의미하지 않는다.

수호(가명) 씨는 우리 시설 입소 전에 일반 가정에서 살다가 들어왔다. 수호 씨는 지체장애인 아버지와 지적장애인 형과 어머니와 살고 있었다. 그의 부모님은 그가 시설에 입소하는 것을 원하지 않았지만, 소위 관리가 되지 않는다는 이유로 지역주민들과 관공서의 권유로 입소하게 된 것이었다.

내가 근무하는 곳은 지적장애인* 거주시설이다. 그는 이곳에 거주하는 사람들에 비해 지적능력이 높았다. 직업재활원에서 충

* 지적장애인을 정신장애인과 많이 혼동하기도 한다. 지적능력이 평균보다 낮은 사람으로, IQ 70 이하의 지능을 가진 사람들을 지칭한다. 1991년에 심신장애자 복지법 관련 규정이 장애인복지법 관련 규정으로 바뀌면서 정신지체로 바뀌었고, 2007년부터 지적장애라는 명칭으로 바뀌었다.

분히 일을 할 수 있을 것 같았고, 프로그램 참여나 사회복귀 서비스를 지원하면 단시간에 발전 가능성이 있어 보였다. 그 당시 나는 그에게 원하는 것을 묻지도 않고 이것저것 서비스를 지원할 상상에 부풀어 있었다. 성급한 마음에 수호 씨에게 원하는 것을 물어보는 절차도 없이 서비스를 지원한 것이 나의 큰 실수였다. 잘 적응하는 것 같았던 수호 씨는 어느 순간부터 부적응한 행동들을 보이기 시작했다. 바지에 오줌을 싸기도 하고, 거실에 침을 뱉고, 무엇보다 사람들과 소통을 단절했다. 우리는 심리적 접근으로 미술치료, 본인이 좋아하는 음악 활동 지원 등 시설 나름의 노력을 했지만 소용없었다. 결국 나중에는 식음까지 전폐하기에 이르렀다.

그때 난 아차 싶어 "지금 하고 싶은 것 있나요?"라고 물었다. 그는 "저 집에 가고 싶어요. 보내 주세요"라고 대답했다. 나는 단순하게 집이 그리운가 보다 싶어서 "수호 씨가 원하시면 다녀와요. 지난번 명절에 집에 다녀온 지 얼마 되지 않았는데 집이 그리운가 봐요"라고 물어보니 그는 일시 귀가가 아닌 퇴소를 원한다고 했다.

나는 머리를 한 대 얻어맞은 느낌이었다. 그동안 우리 선생님들이 그를 위해 노력한 것들이 아무것도 아니었던가? 허무함과 서운함이 밀려왔다. 그때 문득 떠오른 생각이 있었다. 학부 때도 그렇고 대학원 다닐 때도 늘 듣던 말이었다. '내담자의 의사결정이 우선이며 사회복지사는 정보를 제공하는 역할일 뿐'이라는 것이다. 이 말을 귀에 딱지가 앉도록 듣고도 흘려버렸던 것이다. 그 사이 수호 씨의 마음은 병들어 가고 있었다. 눈치채지 못한 것이 미안했다. 그 말을 들은 후에도 그를 쉽게 놓아주지 않았다. 겉으로는 "그를 열악한 환경으로 돌려보내서는 안 된다"라는 이유였지만 돌아보면, 나의 아쉬움과 욕심이 컸던 것 같다.

이런 노력에도 불구하고 결국 그는 퇴소했다. 지금도 읍내를 나가면 그와 마주칠 때가 있다. 비가 오면 비를 맞고 눈이 오면 추위에 떨면서도 아침에 나와서 저녁 늦게까지 읍내에서 방황하다가 집으로 돌아간다. 난 아직도 수호 씨를 보면 내가 사회복지사로서 역할을 다하지 못한 것 같아서 마음이 아린다. 지금은 그를 보면 우리 집에 가서 밥을 대접하고, 더러운 발을 씻기고 구멍 난 신발과 더러운 겉옷을 남편의 신발과 옷으로 바꿔주고 싶은 생각밖에 없다. 가끔 그를 만나면 "수호 씨 다시 원에 가서 살까요?" 하고 물어본다. 그는 얼굴빛이 변하면서 "싫어요"라고 정확히 말한다.

여전히 관공서에서는 우리에게 그의 재입소를 권유한다. 다른 사람들이 볼 때는 제시간에 밥 나오고 샤워할 수 있고 동아리 활동과 나들이를 지원받는 것이 더 행복하리라. 하지만 수호 씨는 비록 춥고, 덥고 배고프더라도 장터를 돌아다니면서 사람을 구경할 수 있는 지금의 삶이 더 행복할 것이다. 난 여전히 그를 보면 마음이 아프지만, 그는 나를 보면 검게 그을린 얼굴 사이로 하얀 치아를 드러내며 씩 웃어준다. 그 미소로 나의 죄책감이 조금은 덜어진다. 인간은 모두 다 그 누구도 아닌 자신이 선택하고 행복할 권리가 있다는 것을 잠깐 잊었다. 나는 수호 씨의 선택을 존중하기로 했다.

08

누구나 섹스 하고 싶은 본능이 있다

《핑크 팰리스》는 '장애인의 성'을 다룬 영화이다. 주인공은 중증 뇌병변 장애인인 48세의 최동수 씨다. 그는 총각 딱지 한 번 떼보는 것이 소원이다. 최동수 씨는 성매매 업소를 찾아가지만 '장애인'이라는 이유만으로 거절당한다. 이 영화는 그 외 장애인이 겪는 성에 대한 고민과 사랑을 다룬 이야기다.

내가 근무하는 시설은 성인기의 지적장애인들이 살고 있다. 우리 시설에서도 나름대로 성교육을 실시하고 있다. 그 성교육의 주된 내용은 자위를 권장하는 내용이거나 성폭력 예방 교육 위주로 이루어져 있다. 장애인들 입장에서는 마치 우리가 고등학교 시절에 형식상으로 배운 성교육 같은 느낌일 것이다. 장애인들이 실제로 알고 싶어 하는 것은 '섹스는 어떻게 해야 하는 건지?',

'아이를 낳을 경우는 어떻게 해야 하는지?', '육아는 어떻게 해야 하는지?' 등일 것이다. 우리는 그들이 궁금해하는 것을 애써 알려주지 않는다. 이성 교제나 섹스를 권장하는 분위기가 아니기 때문이다. 개중에는 장애인들은 성 충동을 조절하지 못하기 때문에 이성 교제를 허락하면 안 된다고 주장하기도 한다. 뉴스에 나오는 성범죄자들은 장애인보다 비장애인의 비율이 더 높다. 성 충동 조절이 부족한 것을 단순히 비장애인과 장애인으로 구분하여 설명해서는 안 될 일이다. 장애인 성교육은 섹스를 부추길 수도 있기 때문에 안 하는 것이 낫다고 말하는 사람도 있다. 그럼에도 지적장애인에게는 반복적으로 꾸준히 성교육을 할 필요가 있다. 또한 그들의 알 권리를 그 누구도 뺏을 권리는 없다.

우리 시설에서는 장애 인식 개선 프로그램으로 다양한 프로그램을 진행하고 있다. 그 가운데 '장애인'에 대한 여러 가지 주제를 던져주고 토론을 하기도 한다. 그날의 주제는 '장애인의 성관계에 대해 어떻게 생각하는가?'에 대한 질문이었다. 여러 가지 답변들이 나왔다. 그중에서 가장 충격적인 내용은 '장애인은 성기가 없으므로 성관계가 성립되지 않는다'는 내용이었다. 그렇게 답한 사람은 장애인에 대해 무지하거나 장애인을 한 사람의 인격체로 바라보지 않는 것이었다. 하물며 동물도 교배를 한다. 그렇게 발표한 봉사자는 어쩌면 장애인은 동물보다 못하다고 생각하는 것이 아닐까. 우리 시설에서는 장애인들을 대상으로 성교육을 하고 있지만 '성생활을 허용해야 한다', '하지 말아야 한다'라는 결론을 내지 못했다. 장애인들 입장에서 보면 당연히 허용해야 한다. '제한한다'는 것은 인권에 위배되는 행위다. 하지만 관리하는 입장에서는 '아이를 낳으면 누가 책임질 것인가?', '그들이 부부로 살다가 같이 살지 않겠다고 하면 어떻게 해야 하는지?' 등의 난감한 상황이 발생할 수도 있다. 장애인들 입장에서 보면 '본인(사회복지사)은 성생활을 하면서 왜 나(시설장애인)는 제한되어야 하는가?'라고 이의를 제기할 수도 있다. 사람들은 왜 '장애인들의 사랑을 순수하게 받아들이지 못할까?' 또 '비장애인과 장애인이 서로 사랑하고 그들이 섹스할 경우 비장애인은 약자를 괴롭힌 사람, 장애인은 성폭행을 당한 사람으로 단정지어 버릴까?' 사람들은 장애인의 사랑, 특히 섹스에 있어서 장애인을 주체적인 사람으로 바라보지 않는 경향이 있는 것 같다. 그 이유는 장애인을 하나의 인격체로 바라보지 않았거나 장애인의 성생활에 대해 전혀 생각해보지 않았기 때문이다. 후자라면 오히려 '모르니까' 하며 이해할 수도 있다. 하지만 전자일 경우 장애인을 인격적으로 무시하는 행위다. 비장애인이 성욕이 있듯이 장애인 역시 성욕이 있다. 장애의 유무를 떠나 누구나 섹스를 누릴 수 있는 권리가 있음을 사람들은 알아야 한다.

09

빨대로 풀린 오해

내가 근무하는 시설에는 뇌병변장애와 지적장애를 가지고 있는 지연(가명) 씨가 살고 있다. 지연 씨는 중증장애인이지만 전동휠체어를 자유롭게 타고 다니고 다른 장애인보다 인지능력이 뛰어나다. 태어날 때부터 시설에서 자란 그녀의 마음속에는 응어리가 깊게 자리 잡고 있다. 주변 사람들이 별 생각 없이 한 말과 행동에 민감하게 반응하고 작은 일에도 상처를 잘 받는다. 그러한 특성을 잘 알기에 시설에 근무하는 선생님들은 다른 장애인들을 대할 때보다 더 촉각을 세우고 지연 씨가 원하는 건 대부분 들어주려고 애를 쓴다.

그런 선생님들의 노력은 지연 씨에게는 시설장애인으로서 당연히 받아야 할 권리이며, 사회복지사인 우리가 당연히 해야 하는 역할이다. 그러기에 그녀는 자신이 받는 모든 서비스에 대해 고마워하지 않고, 그럴 필요성조차 느끼지 않는다. 틀린 말은 아니지만 우리도 인간인지라 때로는 섭섭하기도 하다. 일로 만난 사이라고 해도 서로를 존중하는 관계였으면 하는 나의 바람이 어쩌면 지나친 이상이었는지 모르겠다.

한번은 지연 씨가 뮤지컬을 보고 싶다고 했다. 운전이 서툰 나는 남자인 김 선생님에게 운전을 부탁하고 나도 함께 가기로 했다. 화장실 문제도 있지만, 지연 씨는 이성에게 도움받는 것을 꺼린다. 서로 간에 충분한 신뢰가 쌓였을 때나 가능한 일이다.

지연 씨가 처음부터 이성의 도움을 거부했던 것은 아니다. 몇 년 전 시설에서 캠프를 갔을 때 지연 씨의 도우미로 공익 요원이 배치되었다. 바닷가 모래사장에 휠체어가 들어갈 수 없어 공익 요원이 지연 씨를 업고 갔다. 너무 힘들었는지 그는 해서는 안 될 말을 했다. '돼지 같은 게 무겁기만 하다'고.

그 말에 충격을 받은 지연 씨는 한동안 다이어트를 했다. 참고로 그녀의 몸무게는 39킬로그램이다. 공익 요원이 왜 그런 무례한 말을 했는지 나는 아직도 이해할 수 없다. 그는 자신의 발언에 대해 사과했지만, 지연 씨의 마음에는 상처가 깊게 남았다. 지연 씨는 그 뒤로 이성의 도움을 거부했고, 장거리 여행을 갈 때면 물도 잘 마시지 않았다. 화장실을 자주 가서 도우미 선생님을 힘들게 할지도 모른다는 이유였다.

뮤지컬이 끝나자 밤 10시가 다 되었다. 지연 씨는 갑자기 대형마트에 가고 싶다고 했다. 예정에 없는 일정이었다. 마트까지 들렀다가 시설로 돌아가면 자정이 넘을 게 뻔했다. 늦은 밤까지 운전하고 다음 날 출근해야 하는 김 선생님을 생각해서 내 선에서 그녀의 요구를 거절했다. 그런데 김 선생님은 이왕 나왔으니 들렀다 가자며 대형마트로 향했다.

지연 씨는 원에 돌아가서 먹을 간식들을 골랐다. 음료수와 과자, 과일로 장바구니가 가득 찼지만, 자신의 부탁을 들어준 김 선생님에게 음료수 한 병 건네지 않았다. 나는 지연 씨의 그런 태도가 내심 야속했다. 마음대로 일정을 바꾸고 김 선생님의 호의를 당연시하는 지연 씨가 이기적이라고 생각했다. 차를 타고 시설로 돌아가는 내내 내 마음은 불편했다.

퇴근 전에 나는 김 선생님에게 이렇게 말했다. "지연 씨가 선생님의 수고를 알아주는 것 같지 않아서 제가 다 속상하더라구요." 늦게까지 고생하고도 고맙다는 말 한마디 듣지 못한 선생님에게 괜히 미안한 마음이 들어서 나는 이렇게 말했다. 조금씩 쌓인 지연 씨에 대한 원망스러운 감정을 토로하고 싶었던 것도 같다. 그러나 김 선생님이 내게 이렇게 말했다. "내가 마트에 데려다주겠다고 호의를 베푼 것이 나의 선택이었듯이 지연 씨도 나에게 호의를 베푸는 것을 선택할 수 있어요. 그게 지연 씨 권리니까 존중해줘야죠."

그 말을 듣는 순간 낯이 뜨거워졌다. 김 선생님의 이 말은 지금도 잊히지 않는다. 내가 그동안 지연 씨와 나의 관계를 동등하게 생각하지 않았다는 사실을 깨달았다. 서비스를 받는 이와 주는 이, 나는 지연 씨와 나를 그런 시각으로 바라보았다. 그 안에서 지연 씨는 언제나 받는 것에 고마워해야 하는 사람이고, 받는 것에 고마워하지 않으면 괘씸한 사람이 된다. 당연한 권리를 행사함에도 까다롭다는 눈총을 받아야 한다.

나 또한 장애인으로 살아오면서 수없이 경험한 일이다. 자신이 크게 '베푼다'는 듯이 행동하는 사람들, 거기에 토를 달지 않고 따르며 그저 감사해야 하는 것이 장애인의 의무이자 도리인 것처럼 생각하는 일부 비장애인의 태도에 얼마나 상처를 받았던가. 그럼에도 나는 시설에서 만난 지연 씨를 사람 대 사람이 아닌 시혜자와 수혜자로 대했던 것이 아닐까.

어느 날 사무실로 지연 씨가 나를 찾아왔다. 그녀는 낑낑대며 휠체어 뒷주머니에서 검은 비닐봉지를 꺼냈다. 봉지를 열어보니 빨대 한 뭉치가 들어 있었다. 음료수를 먹고 싶으니 빨대비닐을 뜯어 달라는 의미인 줄 알았다. 그녀가 타고 있는 휠체어를 살폈지만 어디에도 음료수는 없었다. "왜 빨대를 가져오셨어요?"

내가 묻자 그녀는 씩 웃으며 대답했다. "선생님도 필요할 것 같아서 챙겨왔어요." 그 말을 듣는 순간 가슴이 뭉클해졌다.

예전에 언제인가 라면 국물을 먹기 위해 도움을 요청하려고 기다리는 지연 씨가 내 눈에 띄었다. 그때 나는 빨대로 꼭 음료수만 먹으라는 법은 없다며 라면 국물도 빨대로 먹을 수 있다고 알려주었다. 나도 종종 그렇게 마실 때가 있다고. 그 얘기를 지연 씨가 기억하고 있었나 보다.

빨대를 선물 받은 날, 지연 씨에 대한 오해가 풀렸다. 표현하지 않는다고 해서 그녀가 고마움을 모르는 것은 아니었다. 지독하게 많은 상처를 안은 채 살아온 사람이고, 그래서 마음을 표현하는 데 너무 서툴렀을 뿐이다. 나 또한 혼자서 섭섭해했을 뿐, 그녀에게 마음을 털어놓지 못했다. 고마움을 표현하는 것이 나쁘지 않다는 사실도 알려주지 않았다. 이제 지연 씨는 자신을 담당하는 선생님의 생일이 되면 다른 선생님에게 케이크를 사달라고 부탁해 파티를 열어주는 사람이 되었다.

지연 씨는 나에게 있어 또 다른 선생님이다. 내가 미처 깨닫지 못하는 점이 있으면 서비스를 받는 입장에서 날카롭게 지적하고 알려준다. 그녀와의 관계를 통해 나는 시설의 다른 장애인과 나의 관계를 재점검하기도 한다. 도움이 필요한 입장에서도 누구에게 어떤 도움을 받고 싶은지 주체적으로 선택하고 표현하는 그녀. 당당하게 살고 싶은 한 사람으로서 그녀를 열렬하게 응원한다.

10

기다려주는 시간

‘월평빌라’라는 시설에서 사례집을 내었다. 이름만 들었을 때는 ‘장애인 시설’이라는 느낌이 전혀 들지 않는다. 이 시설의 이념이 잘 드러난 이름이다. 그 이념에 따라 이곳에서 생활하는 장애인은 시설에 속한 것이 아니라 지역주민으로서 살아가고 있다. 이곳은 지역사회에서 장애인이 주민으로 살아가기를 바라고 있다. 예를 들어 학교에 다니는 장애인이 소풍을 갈 때 학교 측에서 도우미를 요청해도 거절한다. 그 이유는 ‘다른 학생의 부모님도 소풍을 따라가지 않으면 장애인도 동일하게 따라가지 않는 것이 맞다’는 원칙 때문이다.

이 사례집을 읽고 난 후 나는 ‘이곳에 사는 장애인들에게 그들의 능력을 키울 수 있는 기회들을 빼앗고 있었다는 것’을 깨달았다. 사례집을 읽은 후 즉시 실행으로 옮긴 것이 있다. 그 당시 학교 다니는 장애인들이 시설 차량이 아니라 시내버스를 타고 통학하는 훈련을 해보기로 마음먹은 것이다. 처음 시도했을 때 주변 사람들은 걱정했고 안 될 것이라는 부정적인 목소리가 컸다. 나의 마음속에는 월평빌라에 사는 장애인이 가능하다면 우리 시설에 있는 장애인도 가능할 것이라는 확신이 들었다.

장애인 스스로가 버스를 타고 하교하기까지는 3년이라는 시간이 걸렸다. 사회복지사와 지역주민의 인내와 시간이 허락하지 않았더라면 불가능한 일이었다. 처음에는 학교에서 버스 정류장까지 걸어오는 길을 익히고 버스를 타고 내리는 훈련을 하는 동안 사회복지사와 함께 동행했다. 그다음 해는 시설 차량으로 장애인들을 뒤따라갔다. 마지막 해는 뒤따라가는 역할을 지역주민이 해주었다.

시행 초반에 있었던 일이다. 우리 시설에 물을 무서워하는 장애인 한 명이 있었다. 물에 대한 공포증으로 다리를 건너지 못했다. 처음에 교육할 때 한 명이 뒤처지면 무조건 기다리기로 약속했기에 나머지 장애인들은 이러지도 저러지도 못하고 우왕좌왕했다. 첫 난관에 부딪혔을 때 몇 주간 애를 먹었다. 다행히 한 사회복지사의 기지로 깔끔하게 해결되었다. 우리가 뒤에서 따라가는 것이 아니라 우리가 앞서가고 나머지 장애인도 앞서가니 물을 무서워하는 장애인도 '홀로 남았다는 위기의식'으로 얼떨결에 건너

왔다. 그것으로 간단하게 극복되었다.

하교를 하면서 장애인들은 길을 가다가 목이 마르면 가게에 들어가 물을 달라고 말하기도 하며 화장실이 급하면 화장실을 이용하기 위해 카페에 들어가기도 했다. 처음에는 그러한 행동이 돌발행동인 줄 알고 오해했다. 그러나 자신들의 방법으로 해결해 나가고 있는 거였다. 우리가 가르쳐주지 않은 부분까지 처리할 능력을 그들은 가지고 있었다. 지역주민들은 기꺼이 화장실을 내주었고 목이 마르면 물을 주었다. 버스를 타고 오다가 장애인들이 차 안에서 조는 경우가 종종 있었다. 그러면 운전기사가 직접 깨워서 내리게 하거나 같은 학교에 다니며 시설 주변에 사는 이웃 학생이 깨워서 함께 내렸다. 지금은 순회교육으로 통학을 하지 않게 되었지만, 그때 버스 타고 다니면서 장애인들은 스스럼없이 손을 내밀고 도와주는 지역주민들과 소통했다. 이것이 진정한 사회통합이다.

우리는 시설에 산다는 이유만으로 장애인들을 과보호했으며 믿어주지 않았다. 그들이 성장할 기회를 주지 않았다. 기회 불평등으로 그들 속에 감춰져 있는 능력을 선보일 기회가 없었을 뿐이다.

장애인 대상으로 교육할 때는 비장애인보다 성장의 속도가 더디거나 성과가 보이지 않을 때도 있다. 더딘 성장에 사회복지사는 때로는 소진되기도 한다. 우리는 전문적인 지식보다는 갖추어야 할 덕목 두 가지가 있다. 장애인들을 향한 '관심'과 기다려주는 '믿음'이 있어야 한다.

어릴 적부터 시설에서 생활한 장애인은 일반 가정에 있는 아이들보다 성장의 속도가 더디다. 한 아이가 말을 배울 때 일대일로 수천 번씩 엄마와 눈을 마주치며 반복적으로 말을 배운다. 시설에서는 한 명의 사회복지사가 여러 명을 돌봐야 하는 상황이다. 일대일로 꾸준하게 반복적으로 배울 수 있는 여건과 시간이 허락되지 않는다. 9명의 장애인들이 스스로 버스를 타고 다니기까지는 사회복지사와 지역주민이 3년이라는 시간 동안 '될 것이라는 믿음'으로 기다렸기에 가능한 일이었다.

장애인이 자립하기 위해서는 비장애인에게는 장애인을 기다려주는 인내가 필요하고 장애인에게는 자기 능력을 실현할 수 있는 용기가 필요하다. 자립은 장애인 혼자가 할 수 있는 것이 아니라 비장애인이 믿고 기다려 줄 때만이 실현 가능한 일이 된다.

11

먹구름은 엄마의 마음을 알고 있었다

어제 출근길에 잔뜩 먹구름이 낀 하늘은 금방이라도 비가 쏟아질 것 같았다. '날씨가 왜 이러지? 비가 올 듯 말 듯 하네.' 이런 생각을 하며 점심을 먹은 후 사무실에 앉아 있는데 생활재활팀장으로부터 대성(가명) 씨 어머님이 돌아가셨다는 연락을 전해 들었다. 나는 순간, 멍하니 아무것도 하지 못했다. '건강하셨는데 갑자기 왜 돌아가신 걸까?' 어머님은 코로나 이전에는 종종 대성 씨를 집으로 데려가기도 하고 시설로 방문하기도 했다. 코로나 이후 방문 제한이 있자 종종 아들의 안부를 전화로 묻곤 했다. 보호자가 대성 씨에게 '어머님의 죽음을 알려드리지 말아 달라'고 당부했다. 그런데 어머니를 보내드릴 수 있도록 충분히 슬퍼할 시간을 빼앗을 권리가 우리에게 있는 건지 의문이 들었다. 아니면 보호자 말대로 '장례식장에 가보지도 못하는데, 굳이 알릴 필요가 있을까?'

라는 두 가지 마음이 들었다.

대성 씨는 제과제빵 프로그램 시간에 케이크를 만들 때마다 '엄마 갖다 주고 싶다'는 말을 자주 했다. 명절이 다가오면 '엄마에게 명절 선물을 사서 집에 가야 한다'고 말할 정도로 어머님에 대한 애정이 각별했다. 이제는 대성 씨가 그런 말을 할 때 우리는 어색한 연기를 해야만 한다.

만약 대성 씨가 시설에 살지 않았더라면, 국가의 코로나19 방역지침에 따라 시설 방문 제한으로 어머님을 만날 수 없는 상황은 없었을 것이다. 분명 행복하게 살기 위해 이곳에 입소했는데, 이럴 때마다 장애인이 시설에 사는 것이 옳은 일인지 의문이 든다. 시설 종사자인 우리가 모자지간을 만나지 못하게 한 것 같아 괜한 죄책감이 느껴진다. 이곳은 성인 장애인 시설이므로 보호자들은 대부분 연로하다. 우리는 대성 씨 어머니의 소식을 듣고 마음이 급해졌다. 보호자에게 여기 있는 자식들 얼굴을 보게 해야 한다는 생각이 앞섰다. 더는 보호자 캠프 때 트로트를 간드러지게 부르던 대성 씨 어머님의 모습도 경쾌한 특유의 강원도 사투리도 이제는 들을 수가 없다.

오늘 오후 간식으로 초코파이가 나왔다. 며칠 전 대성 씨 어머님이 '찾아뵙지도 못해서 미안하다'며 시설장애인과 선생님들에게 보낸 것이었다. 초코파이를 보는 순간 먹지도 않았는데, 목이 꽉 메었다. 추운 날과 더운 날에도 공공근로로 번 돈으로 보낸 간식임을 우리들은 안다. 다른 그 어떤 간식보다 귀하다.

어제는 금방이라도 쏟아질 것 같이 잔뜩 비를 먹은 듯한 먹구름이었지만, 끝내 비는 내리지 않았다. 아마 아픈 손가락인 자식을 두고 가는 어미의 심정이 아니었을까 싶다. 죽기 전에 아들 얼굴 한 번 보고 가지 못한 어머님은 눈을 제대로 감으셨는지 걱정이 되었다.

'어머니, 저희와 대성 씨는 잘 지낼 테니 너무 걱정하지 마세요!'

12

오징어 게임은 처음부터 불평등했다

요즘 핫한 넷플릭스 드라마 〈오징어 게임〉을 장애인 시선으로 이야기해 보고자 한다. 첫 게임을 시작으로 '무궁화 꽃이 피었습니다', '구슬치기' 등 총 6개의 게임이 나온다. 게임이 뒤로 가면 갈수록 여자, 노인들은 게임에 참여할 기회가 줄어든다. 약자는 함께 할 수 없음을 이 드라마에서 보여준다.

오징어 게임에 참가한 사람들은 대부분 부채가 많아서 삶의 벼랑 끝에 서 있다. 456명이라는 다양한 사람들이 참가한 이 게임에는 탈북자, 노인, 외국인 노동자, 사기꾼 등의 다양한 직업, 국적, 연령대가 나온다. 이렇게 많은 인원과 다양한 인물들을 보여주지만 '장애인'은 등장하지 않는다. 이병헌은 '게임 참여는 평등해야 한다'고 주장한다. 게임 참여 자체가 불리한 장애인은 처음부터 기회의 평등에서 배제되었다. 기능을 상실한 장애인이 문제일까? 장애인이 참여하지 못하도록 불리하게 만든 게임 자체가 문제일까? 내가 보기에는 후자라는 생각이 든다. 약자를 위한 게임을 만들려는 시도조차 하지 않았을 것이다. 우리 시설에서도 연중행사로 운동회를 한다. 보행이 불편한 장애인은 장애인 대로 인지가 부족한 장애인은 그 장애인의 특성에 맞게 게임을 준비한다. 이것이 공평한 게임이다.

비단 이 드라마에서만 장애인이 제외되었을까? 현실의 곳곳에서 배제당하고 기회조차 주어지지 않는 경우는 많다. 드라마에서처럼 노인이나 여자 같은 약자와 게임을 함께 하기를 주저하는 것처럼, 사회는 장애인이 참여하는 것을 꺼린다. 설령 함께 하더라도 같은 사회 구성원으로 바라보는 것이 아니라 동정의 대상으로 바라본다. 그게 아니라면 언제든지 이용하고 버릴 수 있는 패가 되기도 한다. 노인의 정체는 결말에 나오다시피 단순한 참가자가 아니다. 오징어 게임의 호스트였다. 약자임에도 불구하고 그가 살 수 있었던 것은 오징어 게임의 주최자인 동시에 일인자였기 때문에 가능한 일이었다. 노인의 참가 번호가 1번인 의미를 생각해보면 알 수 있다. 출발 조건이 다른 불공정한 구조에서 장애인이 일인자의 자리에 올라가기 위해서는 얼마나 많은 노력을 해야 할까? 마치 보행이 자유로운 사람과 그렇지 못한 사람이 똑같은 구조에서 100미터 달리기를 해야 하는 것과 다름없다. 어떤 한 장애인은 출발 선상이 불공정한 구조에서도 갑절의 노력으로 임용고시를 보았다. 합격은 했으나 교단에 설 수 없었다. 시합에서 이기더라도 상이 반드시 주어진다는 보장은 없다.

사회 곳곳에는 장애인을 배제한 구조들이 많다. 예를 들어 사지가 뒤틀리고 불수의 운동으로 몸이 계속 움직이는 장애인은 돈이 있어도 MRI를 찍을 수 없다. 전자동 혈압계 혈압 측정기를 병원에서 흔히 볼 수 있다. 흔들리는 몸을 가진 장애인은 이용할 수 없다. 병원 관계자에게 수동으로 혈압 측정을 따로 부탁해야 한다. 그냥 부탁이 아니라, 자신의 장애 특성을 일일이 설명하고 양해를 구해야 한다. 장애를 가진 것이 잘못한 일도 아닌데, 마치 빚쟁이가 채무자에게 시간을 더 달라고 매달리는 느낌이 든다. 왜 장애인이 일일이 양해를 구해야 하는 구조일까? 누구나 사용 가능한 혈압 측정기를 제공하는 것이 바람직한 사회구조가 아닐까 싶다.

얼마 전 나는 자유시간이 생겨 조용한 곳에서 책을 읽기 위해 무인 스터디카페를 이용했다. 나는 일정한 사용료를 내고도 그곳에서 제공하는 음료를 먹을 수가 없었다. 왜냐하면 거긴 키오스크를 이용해야만 음료를 먹을 수 있는 시스템이었다. 나처럼 손이 떨리는 뇌병변 장애인은 이용할 수가 없었다. 뇌병변 장애인만 해당될까? 인지 능력 부족으로 기계를 다루지 못하는 발달장애인은 점원이 있어야 한다. 점자 표시가 되어 있지 않다면 시각장애인도 마찬가지다. 만약 문턱이나 계단이 있다면 휠체어를 타는 지체장애인 또한 이용할 수 없는 구조다. 다양한 장애 범주를 가진 장애인들에게 무인카페는 있어도 이용할 수 없는 '그림의 떡'이다. 사회구조가 불공정하게 돌아가는 책임을 사회는 약자에게 떠넘기고 있다. 외국의 사례를 보면 이런 일들은 장애인 개인의 문제로 바라보기보다는 사회 구조를 개선해야 한다는 인식을 가지고 있다. 혹여 비장애인 중 누군가가 '왜 우리가 많은 투자를 해서 고쳐야 하는가?'라는 의문을 제기할 수 있다. 그런 자에게 질문을 해보겠다. 만약 당신이 시설을 이용하면서 불편함이 있더라도 참을 것인가? 왜 늘 약자에게만 참기를 강요하는가? 이것 또한 폭력이다. 우리는 흡연자에게 금연을 권하거나 흡연구역 설치비를 따로 요구하지 않는다. 마찬가지로 장애인에게도 비장애인 중심으로 설치된 사회 구조물을 이용하기를 강요해서는 안 된다. 금연구역이 설치되는 것처럼 편의시설이 똑같이 제공되어야 한다.

결국 사회가, 시스템을 운영하는 리더가 해야 할 일은 소수자, 약자 등 모든 사람이 기회에서 배제당하지 않도록, 출발선이 같을 수 있도록 사회 구조를 만드는 것이다. 적어도 그러한 고민들을 하며 시도해야 한다. 그래야 모든 사람이 사회에서 게임을 평등하게 할 수 있다.

이 드라마는 이정재가 다시 오징어 게임에 참가하려는 모습으로 끝난다. 만약 시즌 2가 나온다면 모든 사람에게 적용되는 오징어 게임이 나오길 기대한다.

에필로그

어린 시절 친구들이 약 올리던 시절, '장애인들만 모여 사는 섬'에서 살고 싶었습니다. 자라면서 '그런 곳은 없다'는 사실을 알게 되었습니다. 성인이 된 후에는 단 하루만 비장애인으로 살고 싶었습니다. 비장애인으로 살면 어떤 기분인지 궁금했습니다. 사람들의 시선을 의식하느라 긴장하지 않고, 다른 이의 도움 없이 식당을 이용하고 싶었습니다. 주변 사람과 싸워도 식판 들어줄 이가 없으면 어쩌나 걱정하지 않는 삶, 먼저 사과해야 하는 비굴한 감정을 느끼지 않아도 되는 삶을 살고 싶었습니다. 그 누구에게도 의존하지 않아도 되는 '주체적인 온전한 나'로 살고 싶었습니다.

예전에는 장애를 가지고 살아가는 사람은 낙오자 같았습니다. 그 이미지를 지우는 방법은 '장애'를 극복하는 것이라 생각했고, 그러기 위해 치열하게 살았습니다. 살아오면서 내린 결론은 '감춘다고 감춰지는 것이 아니라는 것'이었습니다. '장애는 극복하는 것이 아니라 인정하는 것'이라는 걸 알게 되었습니다. 그 사실을 인정하기까지 40년이 걸렸습니다. 이제는 더 이상 남들의 시선이 두

럽지 않습니다. 나를 받아들이며 살아갈 용기가 생겼습니다.

40대 중반에 접어든 지금의 나는 아이들에게 부끄럽지 않은 당당한 엄마가 되고 싶습니다. 더는 세상으로부터 도망치고 싶지 않아졌습니다. 그러기 위해서는 세상과 소통해야겠다고 생각했습니다. 마흔이 되어서야 약한 나, 있는 모습 그대로를 인정하고 '백순심'의 또 다른 정체성인 '장애인'을 있는 그대로 받아들이기 시작했습니다. 마흔의 꿈은 세상과 소통하는 삶을 사는 것입니다. 이 책을 통해 그 꿈을 이루게 되었습니다.

이 책이 나올 수 있게 된 것은 네이버 카페 〈엄마의 꿈방〉에 '엄마 작가' 지원 모집 글을 보고 지원서를 내면서 시작되었습니다. 2020년 일 년 동안 '장애'를 주제로 연재하면서 그 속에서 얻은 응원과 칭찬에 용기를 얻었습니다. 그 결과 이 책은《불편하지만 사는 데 지장 없습니다》라는 제목으로 세상에 나오게 되었습니다.

살아온 시간들을 되짚어보면 내 주변에는 나쁜 사람보다는 도움을 주는 이들이 훨씬 많았음을 고백합니다. 그들이 있었기에 저는 낙오자가 아닌 사회 구성원으로 살아갈 수 있었습니다. 이 지면을 빌어 감사드립니다.

〈엄마의 꿈방〉 한혜진 작가님, 소설 쓰기의 수장 서주희 작가님과 함께 서로의 꿈을 응원하는 꿈디님들께도 감사 인사를 드립니다. 날것에 가까운 원고를 선택해주시고 출간의 꿈을 이루게 기회를 주신 슬로디미디어 출판팀에 감사드립니다. 한 사회의 구성원으로 살아갈 수 있도록 배려해주는 애향원 서정엽 원장님과 직장 동료들, 장애인 가족들께도 감사드립니다.

마지막으로 글을 쓸 수 있게 묵묵히 응원해주고 지원해준 남편과 두 아들 누리, 마루를 비롯한 양가 부모님께 감사드립니다.